U0074068

廖文毅◎著

排灣族少年王

PAIWAN

自序

這是繼《排灣族雙胞胎公主之謎》後，筆者另一部關於排灣族的青少年小說創作。故事背景發生在明朝末年的南台灣，一個洪荒未開的年代，漢人與原住民的衝突，戰爭與和平的冀望，人性善與惡的交鋒，都是本書希望帶給讀者另一種角度認識台灣過往脈絡的依歸。

人與人之間的衝突，往往是心理矛盾作祟；族群與族群之間的衝突，也往往根源於對彼此的不夠了解。彼此有了成見，就容易產生磨擦，也就容易發生擦槍走火的不幸事件，讓原本隔閡的鴻溝更形擴大。

共同生活在這片土地上，美麗的福爾摩沙島嶼，大家應該不分彼此合作，才能創造互助共榮的理想社會。本書希望透過少年瑪太王與沙烏指導老師之間的對話，探討個人內在世界的平衡法則，人類之間戰爭與和平的真諦，以及人與宇宙的天人相應關係。人們都應該捨棄私心，拋棄成見，為這片土地齊心努力，共創美好未來。

本小說由《臺灣時報》連載的〈少年瑪太王〉改編而來，感謝《臺灣時報》連載多時，而且廣受歡迎，在此向熱愛本故事的讀者與《臺灣時報》出版部致上最深謝意，也為即將進入本故事的大小讀者喝采。

排灣族少年王

CONTENTS

劇情簡介

明朝末年，台灣南部出現一個傳說中的「威瑪王朝」，由強悍的排灣族人所建立，曾經繁華一時，後來卻不幸陷入爭奪王位的兄弟鬩牆爭鬥。

年輕的五王子瑪太得到流浪智者沙烏老師的傾囊襄佐，揭起智慧之旗，發動正義之師，為承續正統，以小小的年輕身軀，淺薄的人生歷練，肩負起王朝興亡的重責大任。

隨著一場場的戰役爆發，一次次的人性掙扎，瑪太與沙烏老師展開許多精采對話，將陸續揭開關於人的內在世界平衡、戰爭與和平的選擇、宇宙與人生的和諧等重大議題。

排灣族與漢族兩大族群的百年世仇，在戰爭的火焰中滋長，也將在戰爭的餘燼裡湮滅，透過對彼此的逐漸了解，互信合作，最終得到了大和解，共迎雙贏的新世紀。

人物介紹

威猛王：南台灣排灣族牡丹社大頭目，智勇雙全，驍勇善戰，一手建立威瑪王朝，號稱南台灣一代霸主。

沙巴王：東台灣卑南族大頭目，部落裡口耳相傳，曾經短暫而輝煌地統治過全台灣的高山族群。

瑪霧：威猛王長子，為人慈和孝悌，勇猛果敢，戰功彪炳，不幸英魂早逝。

瑪雷：威猛王二兒子，性如其名，暴烈如雷，常因小事而火冒三丈，恨不得一拳格斃對方，不過為人處事方正不阿。

瑪風：威猛王三兒子，性情陰沉，善思考，諳察言觀色，權力欲望極為強烈。

瑪木：威猛王四兒子，個性質樸，友愛兄弟，也不幸英魂早逝。

瑪太：威猛王五兒子，性近老大，文武雙全，為人誠懇不欺，樂於助人，是眾位兄弟中人緣最好的一位。

瑪家：威猛王最小女兒，皮膚黑得發亮，一副天真爛漫模樣。平日不像同年紀的小女生喜歡戴花，卻像男生般喜歡射箭，是位極得寵愛的美麗小公主。

沙烏老師：威猛王為五王子瑪太特聘的家庭教師，是一位百年難得一見的流浪智者，「不知所來，也不知所往」，卻擁有深不見底的智慧光環。

莎卡蘭：沙烏老師獨生女兒，個性溫柔嫻淑，在和善溫婉的外表下，有一顆剛毅堅韌的心，幾經波折，和瑪太在石門山見證愛的真諦。

拉納魯大頭目：排灣族射麻部落大頭目，以武勇聞名四面八方，人稱「神勇戰將」。

舒有大頭目：排灣族高士佛部落大頭目，巫醫史達的姪兒，也以武勇聞名四方。

巴杜拉大頭目：排灣族筏律部落大頭目，威猛王同父異母兄弟，為王朝鎮守北方要塞。

巫醫史達：隸屬於排灣族高士佛社，為威猛王治病的巫師，在部落裡有極高的地位，也是舒有大頭目的叔叔。

李炎將軍：漢人諸將裡的主戰派，手段陰狠毒辣，對原住民極度不友善，企圖滅掉威瑪王朝後自立為王。

陳永華：有明一朝，漢王鄭經大國師兼國政參謀，平日總是儒服儒巾，手握詩卷，一派瀟灑自在模樣，擁有極高的韜略與智慧。

馬同隊長：有明一朝，陳永華國師特遣密探隊隊長。

戰記前奏曲：獵人與獵物

黑雲迷濛，不時有低層雲朵飄流飛逝，好像隨時有下雨的可能。四周曲折的山徑兩旁遠處，盡是暗綠色的連綿山脈，蜿蜒不絕，像是一對對巨大蒼龍背脊。

此時落山風突然加劇，斷斷續續的強風刮來，一隻烏鷲鳥想展翅翱翔，卻被無情的落山風打亂了飛翔節奏，在逆風中奮力前行，時而高飛振翅，時而水平滑翔，時而落體下墜，顯得十分狼狽，不是平日慓悍身手能比。

幾位獵人帶著土狗，穿梭在刮著寒風的森林裡，狗群傳來呼號的叫聲，是發現獵物的暗號。

獵人循聲追蹤向前，發現遠處有一隻還未斷奶的小山豬，被狗群圍攻，嚇得「吱吱」叫，母山豬不知道從哪裡冒出來，挺著獠牙，不顧危險，與一大群土狗拚命作戰。

其中一隻土狗趁亂叼起小山豬，母山豬雖然傷痕累累，依然要搶回自己的孩子，正僵持不下，突然一位身上掛滿山豬牙的勇士，步履快捷奔了過來，一腳踢開數隻土狗，獵人見到他，立刻退到一邊，那人把狗嘴上的小山豬搶了回來，親手還給母山豬，並訓斥獵人：「叢林永續法則，不許傷害母豬與小豬，冬天物資匱乏，如果你們缺小米與野味，儘管到金沙部落來找我拿吧！」

說完，步伐又匆匆急馳而去。

獵人們咬耳低聲交談，聲音被落山風穿過樹葉放大出來：「他就是排灣族金沙部落的傳奇人物——『威猛王』！」

金沙部落是南台灣最驍勇善戰的一支高山族，隸屬於排灣族的純正血統，落居於牡丹社（今屏東縣牡丹鄉），大頭目人稱「威猛王」，智勇雙全，年輕時曾經在年度的狩獵祭裡，一日內以連續射殺十隻大山豬而聞名全台，因此才有「威猛王」的雅稱，代表是位力大無窮，威猛無比的英雄人物，勇士中的勇士，頭目中的頭目，也是台灣高山族群裡，盛名僅次於被神話為「熊鷹神」（赫氏角鷹）再世的「沙巴王」。

傳說中的沙巴王，是位卑南族赫赫有名的大頭目，曾經帶領原住民各大族群裡，雖然不是武力最強大的卑南部落，卻是最聰明慧黠的一族，短暫而輝煌地統治過全台灣的高山族群。

一個無法證實的傳說在部落裡口耳流傳，隸屬卑南族的一代梟雄沙巴王，先用機智佔領台灣原住民人數最多的阿美族，奠定王朝根基；再北伐噶瑪蘭族，完成台灣東部的大一統，成為島嶼太平洋岸邊的第一把交椅。

後來又收服台灣高山的捍衛者布農族，鞏固寶島中央山脈的龍骨系統；並以此為根據地，鯨吞蠶食，利用機會分化北部最強悍的泰雅族，迫其稱臣；鄰近的賽夏族也相繼降服；中部阿里山的鄒族、日月潭的邵族也聞風來降；南部先伐魯凱族，再與當時強悍無比的排灣族威猛王稱兄（卑南）道弟（排灣）；而離島的達悟族，甚至西部的許多平埔族，都一呼萬應，全數歸入沙巴王領地。至此終於完成沙巴王朝的雛型，成為台灣東半部、中央山脈，與西半部大部分平原的真正主宰者。

最後，北拒西班牙人，南敗荷蘭人，繼而討伐中部漢人海盜集團顏思齊等人的入侵，迫使覬覦寶島土地的多方外部勢力遭到封鎖，佔領地縮限於局部最小範圍內，因而建立了傳說中的「沙巴王朝」，成為一代空前絕後的傳奇英雄人物！

不過幸運之神似乎不會永遠偏袒任何一方，沙巴王朝終因迅速擴充版圖，一味強取豪奪，沒有伴隨建立永久的輔政制度，導致王朝過度膨脹如巨型泡沫般，一戳即破，致使在人生最重要的一次戰役，竟然栽了個大跟斗！

在一次與漢族延平郡王鄭成功麾下大國師陳永華對陣時，雙方大戰於諸羅山（今之嘉義），被漢族以大規模戰役兵法澈底擊潰，沙巴王從此人間蒸發，在風煙裡消失，在大地上失去了蹤影！

有人謠傳沙巴王戰死沙場，一代英魂早逝；又有人信誓旦旦親眼見到沙巴王化身為熊鷹神，在祖靈的引導下飛升上天，成為祖靈的一員，暗中保護著福爾摩沙所有的高山族群。

但無論如何，沙巴王的生死始終成謎？唯一現存，能夠左右南台灣大局的，就屬威猛王單獨一人而已。

威猛王統領南台灣領地將近二十年，建立一個名聞遐邇的「威瑪王朝」。雖然稱為「王朝」，其實是由一個強大的部落控制中央，而各散居部落依然擁有自己的頭目及武力存在的分權制度，等於這個中控部落並未實際佔領其他部落的土地，而是以其威望統領廣大子民的虛位政權。

威猛王為人公正，武力又強大，其他各個部落都是自願歸附的，如此在太平盛世之時，依然可以維持一個強大而公平允當的王國；但強人如果轉趨衰弱，那王國便注定要重新洗牌，不是有新傳人重掌政權，就是有他族強人趁勢篡位，王朝就要面臨分崩離析，各自為政的崩裂局面。

威猛王抵不過無情歲月的摧殘，年紀已經垂垂老矣，凡事心有餘而力不足，難以躲掉奸邪暴虐的人性，這可怕又難以擺脫的催命枷鎖！

威猛王膝下育有五子一女。

老大瑪霧，為人慈和孝悌，勇猛果敢，戰功彪炳，是王朝的王位繼承者，可惜在一次與別族的激戰裡，與個性質樸，友愛兄弟的老四瑪木，同時戰死沙場，雙雙英魂早逝。

老二瑪雷，性如其名，暴烈如雷，常因小事而火冒三丈，與人爭得青筋暴露，恨不得一拳格斃對方；不過為人處事方正不阿，眼裡容不下一絲不公正的砂粒。

老三瑪風，性情就陰沉多了，善思考，諳察言觀色，權力欲望極強；可惜有乃父權謀，卻無乃父寬容。

老五瑪太，性近老大，文武雙全，身材瘦高，一副斯文相貌，為人誠懇不欺，樂於助人，是眾位兄弟中人緣最好的一位。

老么是顆掌上明珠，名叫瑪家，長得清純秀麗，活潑可愛，皮膚黑得發亮，一副天真爛漫模樣。平日不像同年紀的小女生喜歡折草摘花妝點自己，卻像小男生般喜歡跑步射箭，是位極得五位哥哥及父母寵愛的美麗小公主。

威猛王察覺幾個兒子裡面，只有小兒子瑪太求知欲最強，也最有潛力，便在一次偶然機遇，為他延聘到一位流浪的智者「沙烏」，成為瑪太的專屬指導老師，教他一些生活基本技能，以及古往今來聖賢處世之道。

不過這位「不知所來，也不知所往」的流浪智者，來歷雖然充滿神祕，卻是學識淵博，擁有深不見底的智慧光環。為人正派耿直，特別是他精通漢語，了解頗多漢族的傳統文化及學問，對日後潛能無窮的瑪太來說，無疑是一大貴人兼恩師。

威猛王心知肚明，他的五位公子裡，老大瑪霧身為長嗣，當然是王位繼承的不二人選，不過在一次慘烈的激戰中，為救老四而同時殞命沙場，令他悲痛惋惜不已！

如今只剩三位王子，二王子瑪雷性情太過暴烈，只能當一族頭目，不適合繼承王位；三王子瑪風雖然機智過人，反應敏捷，是輔佐政事的好人才，但個性過於陰沉，為達目的不擇手段，包容心不足，最多只能當上一方霸主，也不適合統領萬千子民；最後剩下五王子瑪太，文武全才，智勇雙全，只要經過一番細細調教及磨練，成就絕不亞於大哥瑪霧，甚至威猛王本人，可當一世君王！

可惜命運弄人，瑪太現在年紀尚小，資歷淺微，如果無好好一番長時間調教，也難見容於其他虎狼鄰邦的垂涎覬覦。

而威猛王自己年紀又大了，身體狀況日益衰竭，像一支風中殘燭，隨時有油滅燈枯的危險，可能等不及親眼見到五子瑪太長大成人了，因此日日憂心如焚，四處打探名師。

還好老天垂憐，終於讓他找到了這位百年難得一見的流浪智者「沙烏」，雖然他至死都沒有公開這位智者的真實身分，不過他深信自己的眼光，是不會看錯人的，將瑪太交給他教導，絕對是最佳的選擇，如果他逃不過死神的召喚，來不及親眼看到瑪太長大成人，闖出一番大事業，也將因為選對老師而能含笑九泉。

瑪太的老師沙烏，有一名獨生女兒，喚名「莎卡蘭」，長得國色天香，溫柔嫻淑，但和善溫婉的外表下，卻有一顆剛毅堅韌的心，是威猛王全家五子同時心儀的對象，也長久被視為家中的一分子。

由於莎卡蘭年紀接近瑪太，彼此之間比較有話聊，也頗為欣賞對方，如果日後能結為連理，將是世間一對不可多得的郎才女貌。

這天天氣灰暗暗，陰沉沉，冷風嗖嗖，細雨綿綿，南台灣的當令時節，已經邁入刮起最負盛名的「落山風」了。

落山風，就像在東北方向天外的遠處，有個巨大的神奇鼓風箱，鼓著風，吹著氣，朝牡丹社源源不斷地吹襲過來，帶來些許雨絲，同時泛起不少寒意。

山上的樹木，被落山風吹彎了腰；樹上的枝幹，也被落山風吹禿了頭；而地上的小草，就像一波波海浪，不斷翻滾前進。

白鷺鷥振翅難飛，成群瑟縮在凜冽的寒風裡，藉著依偎彼此取暖，讓原本龐大的身軀，化為圈圈白點，密集點綴在小水塘旁邊的茵茵草地。

此刻的人們，大都躲入屋內避寒，等待好天氣露臉時，再出發狩獵，因為這麼冷的天氣，別說人類，就連動物都躲了起來，如果到森林深處狩獵的話，大概只能以落山風飽餐一頓了！

一大清早，許多人發現天候惡劣，索性躲在被窩內掙扎，翻來覆去，就是不忍離去，以防暖意散盡，寒意打從腳底湧了上來，就要大打噴嚏，傷風感冒了！

威猛王的第五個兒子瑪太，人如其名，有太陽一般的堅韌性格，正是取「太陽之子」的意涵而命名的。

瑪太已經起床一會兒了，雖然仍對溫暖無比的被窩有著難以抗拒的誘惑，但「意志力」還是戰勝「瞌睡蟲」，他知道，沒有艱辛的付出，是不會有收穫的喜悅，而早晨正是一天中最美好的時光，如果輕忽蹉跎，虛擲光陰，便永遠無法成為勇者或智者了。

習慣早起的他，除了會活絡活絡筋骨，練一練基礎戰技以外，還有一項最大，最主要的目的，就是吟誦漢文。

沙烏老師除了教授他生活基本技能以外，認為古人學識涵養的獲得，「念書」是最佳的途徑，而漢人本來就有一套古老而先進的文化系統，是值得山地一族效法學習的。

不過沙烏老師所教的漢人文化典藉，全是艱澀聱牙的古文，不僅字意難懂，字音更是難唸，因此他才想到一個方法，就是趁每日早起，大聲朗讀出來，不管懂不懂書中意涵，唸熟了再說，反正不懂的地方，還可以隨時請教老師一番呢！

經過後天的努力奮進，加上天生的資質聰穎，瑪太在課業學習方面，進步神速，學會了不少漢人的高深學問。

「啊！對了，到了該為老師端盆熱水洗臉，向他請早安的時候了！」

瑪太放下書本，做起他每日必修的早課，就是行「弟子之禮」，親自為老師端水洗臉，並問候早安。

誰說山地人沒文化，「尊師重道」的高操精神，普天之下皆然，就是發自內心，而不只是注重表面的功夫，瑪太這種舉動，完全出乎天性，合乎自然，那有什麼高文明，低文化之分呢！

「老師，我可以進來嗎？」

瑪太小聲地叩門問道，深怕吵醒可能還在睡夢中的老師女兒，也就是與自己一同向老師學習的師妹「莎卡蘭」。

「瑪太哥哥，是你嗎？外面風大，快請進來。」

屋內傳來女子纖細柔和的聲音，就如同春天的畫眉鳥叫聲一般婉轉可人，沒錯，是莎卡蘭甜美的聲音。

「啊！莎卡蘭妹妹，妳已經醒了，今天怎麼這麼早起呢？」瑪太很少見到莎卡蘭妹妹這麼早起，所以語氣中藏不住驚訝。

「瑪太哥哥可是取笑我，平常就跟睡豬一樣晚起嗎？」莎卡蘭故意開玩笑地回應。

「啊？沒有的事，我絕對沒有取笑莎卡蘭妹妹的意思，我只是……只是……」瑪太被莎卡蘭這突來的回答凍住了，立刻紅通著臉，窘得說不出話來。

「唉呀！瑪太哥哥，人家只是跟你開開小玩笑啦！嘻～嘻～……」莎卡蘭頑皮地解釋。

「噢，是這樣子喔，哈～哈～……」瑪太這才輕舒一口氣，搔了搔頭，傻笑起來。

兩人正在歡笑嘻鬧，莎卡蘭的父親沙烏老師緩步走了進來，態度依然是那麼從容不迫，彷彿泰山壓頂也面不改色！

兩人一見，趕緊收斂笑意，同聲叫道：「老師（父親）早。」

「噢，你們兩人怎麼一大早就這麼開心，是不是發生什麼有趣的事呢？」

「嘻～嘻～……」

兩人相視而笑，同時以傻笑聲回應，但都沒有說出隻字片語來。

「啊，對了，瑪太，你父王的病情近來如何呢？」

沙烏老師知道方才的笑鬧聲是他們兩位年輕人之間的小祕密，就不加追問，故意岔開話題，關心起他父王威猛王近日來的身體狀況。

「回老師的話，我父親由於年邁，加上近日內又受到風寒的侵襲，病情時好時壞，我也十分憂心呀！……」

正說話間，突然有位宮中侍者來報，說三哥瑪風有急事召見瑪太。

父王寢宮內所有一切事宜，目前均由處事較為細膩的三王子瑪風全權負責指揮調度。瑪太發覺三哥有急事求見，心想必是關於父王病情等重大事件，不敢怠慢，立刻辭別沙烏老師及莎卡蘭妹妹，帶著自己所豢養的貼身寵物「嘎嘎」，朝威瑪王朝的皇宮開步拔腿奔了過來。

嘎嘎是一隻健壯的道地台灣獼猴，母親因為誤觸獵人陷阱而殞命，留下猶在襁褓中的牠，本來性命難以存活，正巧被路過的瑪太所救，以鹿奶養大，如今已經成為一隻深具靈性的猿猴。

昔日原住民大頭目的住居地，與漢族宮殿的豪華氣派大相逕庭，由成群的石板屋構成，是大頭目與親族的寢宮聚落。

石板屋的房屋構造，依百步蛇身上鱗片的排列方式來建造屋頂，輔以壯碩的石柱支撐整座屋脊，一切工法均師法大自然，是人與自然和諧相處的最佳產物。

石板屋的建築結構裡，最特別的就是它的「門」，低矮的非得彎下腰才能進出，主要的目的在於「易守難攻」的防護特性。

不過屋門低矮的負面結果，就是室內空氣比較潮溼，所以族人進門的第一個動作就是「升火」，讓火光和熱氣充滿整座屋子，照耀出石板屋的獨特靈魂。

屋內的陳設也是清一色的石板，充分發揮了冬暖夏涼的特性；屋外有寬敞的庭園，也是一般建築所不及。

家家戶戶門前均掛上一串小米，這是財富與榮耀的象徵，更是貴族血統的表示。門前石柱上的百步蛇與祖靈像，則是頭目家的不二象徵。

繞過王朝寢宮聚落，來到威瑪王朝的「中央集會所」。

這佔地不小，規模頗大，富含山地族與山林共生並存的野性及親和性，足以容納近百人的大會議廳，是重要時刻只有男人才能參加聚會的地方。

前方豎立了二根巨大石柱，底下刻有祖靈像圖案，象徵崇高的地位，閒人勿近；上方雕有二尾栩栩如生的百步蛇，代表大頭目的威嚴，生人勿近。

大會議廳是座木造大屋，每根柱子都有精美雕刻，屋頂則覆蓋茅草，以遮陽避雨；柱子與柱子的底座中間以古陶壺為圍籬，壺與壺中間皆置有一顆顆骷髏頭，是被梟首的外族人頭，現在被供養起來，反成為保護部落的善靈。

瑪太行色匆匆，步伐雜沓，一顆心懸在半空中，七上八下的，深怕萬一聽到噩耗，不知道自己能否承受得起？但願父王一世為人清正，愛民如子，希望不會有任何凶事發生才好。

「祖靈，偉大的群山之神，捍衛排灣族子民的天地眾神，求您等大發慈悲，佑我父王免受災厄所苦，早日回復昔日陽光般燦爛的神采吧！」瑪太一邊疾走如飛，一邊衷心默禱。

二哥瑪雷及三哥瑪風都已經在中央集會所等候，么女瑪家公主並未出現附近，瑪太心下才鬆了一口氣，因為他知道，心思極為細膩的三哥瑪風，如果光是父王身體狀況有異，急事來告，肯定會找來瑪家小公主的，如今只找三位兄弟前來，必是有關軍國政務大計。

瑪太猜得沒錯，隨著父王這顆排灣之星即將殞落，再不出現一顆光芒依然耀眼燦爛的新星接替，那金沙部落，威瑪王朝，勢必化為稍縱即逝的流星，永遠地消逝在淒美的夜空裡。

「二哥瑪雷，五弟瑪太，瑪風同時喚你們前來，實在是有大事想跟你們一起商量。」

「瑪風，有什麼事，儘管開口，我瑪雷發誓，絕對支持兄弟及王朝到底。」

「是啊，三哥，瑪太雖然年幼力弱，必也會傾盡 全力，為我王朝與家族盡最大一份心力的。」

「唉！如果不是父王病情加劇，昏迷不醒，這等緊急大事，對父王來講，可能只是雞毛蒜皮的小事情而已，父王必能妥善安排處置，但是對於經驗淺薄的瑪風我來講，實在力有不殆，只怕有辱父威呀！」

「瑪風，漢人有句話說『打虎捉賊親兄弟』，有話快說，男子漢說話怎麼跟女人似的，痛痛快快說出來，好歹就算天塌下來，我三兄弟也能一起扛啊！」

「是啊，三哥才思敏捷，加上二哥武力雄人，小弟雖然不才，也勉強能幫得上小忙，不會有問題的。」

「好吧，但是告訴你們之前，我們最好再去請示一下父王，如果他已經醒來，自然就由他老人家親自來決斷；如果仍然昏迷不醒，只好由我三兄弟僭位代勞了！」

「對，我也想知道父王現在的病情如何，瑪太，對不對？」

「是，二哥，咱們快一起去探望父王，三哥，你帶路吧！」

「好是好，不過有一事我必須見告你們在先，昨夜父王病情突然加劇，巫醫史達特別交代，我們只能在帳外請示，不能近身探視，以免激怒祖靈鬼魅，為父王降下災厄！」

「好，那有什麼問題！巫醫的話誰敢不聽，瑪太，你說是不是？好，咱們走吧！」

瑪太有二位哥哥的安排，當然無異議同意，三人便懷著一顆既虔敬又忐忑的心，前來探望父王的病情。

到了父王歇息的臥床寢帳外，瑪風立刻小聲卻清晰地請示道：「父王，三兒子瑪風及二哥瑪雷，還有小弟瑪太三人，有急事特來求見。」

良久，只見帳幕內，眼前父王模糊難辨的身影，距離雖在咫尺，卻似遠在天邊，好像一位孤立無助的老人，正在接受命運的無情煎熬，誰又能猜出，他就是曾經叱吒南台灣一時的威猛王呢？

瑪風再請示三次，帳幕內的父王身影依然沒有絲毫動靜。

此刻瑪太肩膀上的台灣獼猴「嘎嘎」，突然頑皮地齜牙咧嘴大叫，立刻在平靜的寢宮裡製造出一股意外的小騷亂！

瑪太見狀急忙大聲喝止，並以手輕輕撫摸嘎嘎的額頭，以平息牠焦躁不安之心，但嘎嘎雙眼睜得好大，水汪汪看著瑪太，似乎想說些什麼？

這時在部落裡極有威望的巫醫史達，緩緩從威猛王帳幕後面探頭出來，瞪了嘎嘎一眼，接著搖了搖頭，再揮手示意，表示其父王病情正重而不穩，不宜多加驚擾，於是三人才恭敬地點了點頭，一同從寢宮退了出來。

「唉！看來父王的病症非近日內可安好，這兩件發生之事，只有靠我們三兄弟自己來籌謀應付了。」

「瑪風，到底發生什麼大事，你就快說吧，急死人了，父王現在既然無法做出什麼決斷，就讓我三兄弟一起攜手解決吧！如果說才智，我瑪雷是比不上三弟瑪風你；如果談文情，我瑪雷也對五弟瑪太望塵莫及；但如果論武勇，咱是一把罩，你倆就算加起來，也不是我的對手，瑪太，你說對不對？」

「對，二哥武勇過人，眾所皆知，是威瑪王朝裡最勇猛、最兇悍的勇士。小弟不敢說有文情，又年少無知，但如果有用得到我的小地方，也請儘管吩咐，我瑪太必會全力以赴，不負所託的。」

「好，既然兩位至親兄弟都有極大的意願為部落、為王朝效命，那我實話實說好了。目前說來，共有兩件事，一大一小，加上照顧父王及幫忙運作王朝這件事，加起來共有三件事情有待辦理。」瑪風清了清喉嚨，才又繼續說下去。

「第一件事，也是最嚴重及最令人悲痛欲絕的事，就是在我們王朝管轄地北方，春日（屏東縣春日鄉）的率芒社，與漢人交界的地方，聽說新近來了位漢狗將軍，名叫李炎，此人兇狠無比，勇猛過人，常藉故佔我土地，欺我子民。根據最近可靠的驚人消息傳來，率芒社一族，包括男女老幼近百人，已經大部分遇害！漢狗甚至揮大軍直入山區，號稱學習山地人一樣，舉行『狩獵大典』，而所獵殺的對象，不是動物，竟然是我王朝內的無辜子民，沒有年齡之分，男女之別，殺人奪首，一顆頭顱賞金十兩，甚至有人日進百兩，還刻意將頭顱懸掛在高柱上，炫耀殺人者眾，這等野蠻行徑，天地難容，人神共憤，卻真的發生在我們王朝子民身上！每當午夜夢迴，我一想到此事，便時常驚醒，輾轉難眠，手握出汁，牙咬欲斷，心頭一把火起，如太陽般熾烈燃燒，恨不得立刻長出熊鷹翅膀飛到現場，殺光那般泯滅人性的天殺漢狗呢！」

瑪風慷慨激昂地陳述此等駭人聽聞的可怕事件，漢人的狩獵大典，狩獵的對象不是動物，竟是山地人一族，聽得瑪雷也是緊握拳頭，全身抖動不已，破口大罵不止；瑪太也是血脈賁張，渾身顫慄，激動不已。三人都恨不得現在立刻插翅飛到現場，和漢人一決雌雄！

「這件是最急迫的大事，急待妥善解決，否則我山地子民任人欺壓宰割，豈不有辱我父威猛王的鼎鼎大名呢！」

「第二件事，說來算是件小事，那就是也有線報指出，我金沙部落南邊滿州（今屏東縣滿州鄉）射麻地區，也有漢族不時自踉蹌（今屏東縣恆春鎮）前來騷擾，所以我想請示父王，可否派一小支調查團前去調查事件始末原委，以做為日後出兵與否的參考。如果傳言屬實，再揮動大軍前往處理不遲，這樣才不會勞師動眾而又徒勞無功！」

「最後一件事，說大不大，說小不小，算來也是重要的，就是因為父王之病近日轉重，許多部落都在觀望、覬覦，想趁機搗亂，混水摸魚，雖然目前尚未有實際戰事發生，但如果我兄弟們全都出發執行任務，那部落內形同空城，容易讓有心人士趁虛而入，那後果就不堪設想了，因此必須留守一人，一則照顧父王病情，二則防範他族蠢動。」

「原來如此，那有什麼問題，只要有我瑪雷在的一天，管他漢族什麼狗將軍，貓元帥，我都會取下他的頭顱當椅子坐，凱旋歸來的，這北方最急迫的戰事，就全權交給我瑪雷一個人處理好了！」

瑪雷一聽完，自信地拍了拍他那渾厚結實的胸膛，彷彿天塌下來也挺得住似的，毫不考慮地一口答應下來。

「對，北方戰事交給二哥處置最適宜了，至於小弟瑪太我，倒可以負責南方的調查行動，而三哥本來就最精明幹練，留下來坐鎮本部及照顧父王，再恰當不過了！」

「對，對，對，看來我們的小弟瑪太可是愈來愈聰明了，說得真好，哈～哈～……」

瑪雷一邊開心的說，一邊揮拳假意攻了過來，瑪太不假思索閃身躲過，一擊揮空，倒令瑪雷比出大拇指稱讚。

「好樣！話說回來，這中央指揮大權，本來就屬於瑪風你的，還是由你來接任這個位置最適宜。至於南方調查行動較不吃緊，就由瑪太來辦好了，一來可以為我金沙部落，威瑪王朝出力；二來順便磨練磨練經驗，日後才能成為頂天立地的真男子漢，排灣族的至高勇士，瑪太，你說是不是？」

瑪雷話一說完，突然奮力縱身一跳，竟然瞬間欺近瑪太身後，來個大熊抱，瑪太反應不及，被逮個正著，好像被一堵厚牆死死圍住，也嗤嗤笑了出來。

「唉喲，我投降了！是～是～是～二哥講得最好，三哥，咱們就這麼決定了，你也不用再傷腦筋了！」

面對二位兄弟故意在這等危急時刻嬉鬧，瑪風不經意笑了出來，露出一副感激的神色。

「唉！好吧，既然兩位親兄弟願意出面挺瑪風，接下這些任務，不管任務大小，艱難與安危如何，都是為我威瑪王朝出力流汗，立下大功一件，瑪風謹代表父王，先向兩位兄弟謝過了！」

看著瑪風微濕的眼眶，顫抖的雙手，三兄弟一條心，心手相連，互相紮實地握住對方的雙手，溫暖而堅貞，或許他們都在想，該是挺身而出，為父王及王朝所有子民盡心效力的時候了。

步出威瑪王朝的中央集會所，瑪太心中有些許茫然，但卻十分篤定，昔日在父親威猛王的親自帶領下，王朝人民安居樂業，各得其所，雖然同族之間難免因為細故而發生爭吵，一時間彼此劍拔弩張，戰事一觸即發，但父王總能以大智慧一一化解，讓大家化干戈為玉帛，一起唱歌，一同跳舞，再度把酒言歡，和樂融融。

近些年來，漢人移民日益增多，已經直接或間接壓迫到山地人生存的空間。不過威猛王德高望重，連漢人也得禮讓他三分，彼此間才沒有發生大規模戰事。

只是隨著父王年齡的老邁，族人間的磨擦加劇，漢人事務日益繁複，再再都將考驗著他們兄弟的智慧。

「唉！小山豬出生的時候，有母豬細心呵護，可以每天開心玩耍，吃喝睡覺，無憂無慮，但是小山豬終有長大的一天，必須獨立自主，單獨生存下去，或許這就是大自然的法則吧，看來也到了我們兄弟們壯盛起來，為王朝盡心出力的時候了！」

隨著瑪太的感慨聲及腳步聲的傳動，落山風又陣陣刮起，地面揚起些許沙塵，飛捲上天，沒入雲霄，不知不覺，已經回到了沙烏老師的家門口。

甫入門內，卻見除了原來的沙烏老師及莎卡蘭師妹在場以外，自己的最小妹妹瑪家也來了，顯然大家都在等候他告知有關父王健康狀況的最新消息。

「瑪太哥，到底發生什麼急事，三哥瑪風真不夠意思，好歹我也是父王的親生女兒，威瑪王朝的唯一公主，竟然沒找我過去商量，如果要行軍打仗，我也不會輸給你們男人的，莎卡蘭姊姊，妳說是不是？」

瑪家邊說，還邊揮拳踢腳，做出與敵人勇敢廝殺模樣，語氣間顯然有些不高興。

「哈～哈～說到打仗，敵人只要一聽到我威瑪王朝小公主『瑪家』的大名，哪族哪個勇士敢上前挑戰呢？如果有人不怕死，遇上瑪家妳，恐怕會看不到明天早上升起來的太陽呢！」瑪太故意開玩笑地說。

「那還用說！對了，瑪太哥，你們到底在談什麼祕密事，我們已經等你那麼久了，快點說嘛！嘎嘎，你就暫時給我安靜一點，不然馬上吃我一刀！」

看著嘎嘎躁動的老毛病又犯了，瑪家作勢以手刀劈下，嚇得嘎嘎一溜煙爬上屋頂避難去了。

「好吧，事情是這樣的……」

瑪太對嘎嘎的騷擾恍如未見，一副心事重重模樣，這才將所見所聞的一切經過，一五一十地向小妹瑪家、沙烏老師，還有師妹莎卡蘭陳述一遍。

言畢，瑪太有感而發：「父王待我們兄弟們恩重如山，如今年邁多病，王朝內的事，我們也應該為他老人家分憂解勞才行。」

「嗯……」

沙烏老師聽完，沉吟一會兒，表面看起來，似乎體會得出瑪太的一片孝心，不過從他的皺眉反應可以推測，似乎又有些保留與顧忌。

「我說瑪太啊？」

「是，老師。」

「好，老師問你，你有見到你父王本人嗎？」

「這……因為隔著帳幕，本人是沒見著，但巫醫史達就在帳幕後面照顧父王，應該不會有錯的。老師，您為什麼這樣問呢？」

「哦，沒什麼，只是一時好奇，不過……」

「老師，您有什麼看法，請直接說出來，瑪太洗耳恭聽。」

「啊？其實也沒什麼，因為每件事情的表面看起來都沒有問題，也都合情合理，這是無庸置疑的，只不過……只不過老師喜歡從小處、小細節，去串連，去推敲，來還原事理原本的面目與真相，這就是老師前些日子教你及莎卡蘭的，你還記得嗎？」

「記得，老師是說『凡走過必留痕跡』及『見微知著』這兩個道理嗎？」

「好，很好，就像我們山地人外出打獵一樣，只要有動物經過，一定會留下些許痕跡，大小或許不一，但絕對不會憑空消失的，如糞便、毛髮、氣味，甚至足下的泥土印，擦身而過的植物枝葉折痕等等，都是我們打獵的依據。從這些小事情，再推究上去，還原本體，就知道這獵物是什麼動物，是公是母，是大是小，是老是少，為人處事之道，也是這樣，且聽我分析一番。」

「根據我私人情報顯示，北方確實有漢人及山地人的小規模衝突事件，山地人各部族見到你父王病危，也有蠢動跡象，這些都沒有問題；至於南方，倒沒有聽說有漢人及山地人不合的傳聞，所以如果有小道消息傳來，派人前去調查一下，也很合理。你父王因為重病不起，你們見不到他的尊容，只見到他模糊的身影，以及巫醫史達適時出現，所要傳達的訊息，是示意你們父王病重，不可驚擾，同樣合情合理，沒有絲毫破綻可言，對不對？」

「嗯，沒錯啊，既然凡事都是合情合理，那老師怎麼還有其他疑問呢？」

「好，問題就出在這裡，這些事情分開來說，都合情合理，沒有破綻；但如果合在一起的話，恐怕就……」

「噢，這些事情分開來說，都合情合理，沒有破綻；如果合在一起就……老師的意思是，這些事不應該被擺在一起，同時發生嗎？」

「對，很好，這就是老師話裡的重點所在。這樣說好了，巫醫史達的用意，只能證明你父王可能病危，卻不能證明帳幕內的人確實是你父王本人！好，就算帳幕內真的是你父王，那用意就是要你三兄弟不可以再請示於他，必須自行解決近日內接踵而至的緊急事件。」

「套句漢人所說的話，我們先不要『以小人之心度君子之腹』，但可先做假設，如果這些事情也都是真的，那表示王朝內部已經岌岌可危，你三兄弟在父王無法親理政務之下，理應合力『一同』解決事情，怎麼到最後卻『分開』來解決事情呢？我簡單地說，表面上你三兄弟是為了王朝一同解決事情，但實際上，卻分屬三個地方解決事情，在這等緊要時刻，這麼做，力量反而容易分散，可能有被各個擊破的危險存在，你聰明的三哥瑪風，不會不知道這麼簡單的道理，他這麼做，反倒給人有支開某些人，來從事某些特定事情的聯想及存疑喔！當然，話說回來，人的胳臂是往內彎的，身為親兄弟的你們，是絕對不會往這個層面來想的，是不是？」

「啊～哼～經過老師這麼一剖析，瑪太有些明白過來了。老師的意思是，在這種危急時刻，我三兄弟更應該團結在一起，互相扶持，緊緊地靠攏在一起，才能發揮凝聚合體的力量，以應付所有可能發生的突發事件，怎麼反其道而行，反過來兵分三路，這豈不容易引起不必要的危機降臨呢？」

「對，好個瑪太，不愧是老師的得意弟子，領悟力極高！我們也都知道，你三哥瑪風為人謹慎細膩，做事有計畫，但同時也工於心計，他會做如此巧妙安排，恐怕……。不過話說回來，你三兄弟本是同父同母所生的親兄弟，應該不至於有陰謀詭詐的事情發生，但願為師推理錯誤。但為防萬一，這趟南方調查之旅，恐怕老師要親自跟你跑一趟了，瑪太，你的意下如何？」

「老師的顧慮沒有錯，不過我也相信自己的同胞手足兄弟，應該不會互相陷害的。但誠如老師所說，『不怕一萬，只怕萬一』，為了父王及王朝安全著想，既然老師想幫助瑪太，助瑪太一臂之力，瑪太當然高興都來不及了，哪有不答應的道理呢？」

「好說，好說。」

「瑪太哥，瑪家也要幫你，助你……助你兩臂之力。」瑪家心想，人家明明有兩隻手臂，幹嘛只助瑪太哥一臂之力呢！

「莎卡蘭姊姊，妳也要一起去嗎？老師，你說好不好呢？」瑪家剛說完話，又立刻問起莎卡蘭來，莎卡蘭則望向父親，請求指示。

「瑪家，妳想幫忙，老師也十分高興，不過老師會給妳莎卡蘭姊姊另一種同等重要的任務，妳要不要留下來幫助她呢？」

「啊？不能去喔！要留下來呀！不過沒關係，既然老師也要交代莎卡蘭姊姊同等重要的任務，那我當然願意留下來幫助莎卡蘭姊姊囉！」

「莎卡蘭，那妳的意下如何呢？」

「父親既有要事交代，不管去那裡，有多艱難，莎卡蘭一定全力以赴，如今又有瑪家妹妹幫助，更是如虎添翼，必能順利完成使命的。」

「好，妳只須如此……這般……就可以了。」

沙烏老師靠近女兒莎卡蘭耳朵，細說了一下子，莎卡蘭頻頻點頭稱是。

沙烏老師又接道：「那好，莎卡蘭，妳待會兒再好好跟瑪家計畫一下，我現在有些事情要跟瑪太一起準備，我們分頭進行吧！」

就這樣，眾人漸漸準備妥當，等待明天的到來。

沙烏老師之所以留下莎卡蘭及瑪家，最大的目的，就是考慮到威猛王本身的安危，才留下她二人暗中調查，是否有人私底下有不軌行徑發生，並保護威猛王的人身安全；而他自己，才能與瑪太在無後顧之憂下，進行南方的調查行動。

「但願我是杞人憂天，所擔心的事情，不要提早發生才好，否則對只有十一、二歲的瑪太來說，還未成人的他，就要接受這種宿命的安排，命運之神對他也未免太過嚴苛了吧！這威瑪王朝……恐怕也會災厄連連呢！唉～……」

沙烏老師不自主將目光停駐在背影隨主人逐漸遠去的嘎嘎身上，嘎嘎雖然調皮，卻深具靈性，一人一猴，「心有靈犀一點通」，似乎都已經嗅出什麼徵兆來，這王朝暴風雨前的寧靜！

翌日清晨，寒風仍舊凜冽刺骨，天空一片灰濛濛，細雨稀疏，薄霧中看見地上燃起無數支火把，把地面上的景象照得一片通明，與天上尚未消逝，時而露臉，時而半遮面容的月光交相輝映。

部落的婦女們也起了大早，乘著火光，唱出嘹亮而響徹雲霄的動聽歌曲，為部落即將出征的勇士們餞別，祈求大家早日平安凱旋歸來，美妙悅耳的歌聲，騎上落山風的背脊，馳向遠方祖靈的國度。

瑪雷身披戰服，渾身是勁，一馬當先，率領王國內勁兵五百名，浩浩蕩蕩，朝北方山地人及平地人交界處急行軍而去。

眾人士氣高昂，神情豪邁，共同為捍衛王朝而拋頭顱，灑熱血，馬革裹屍，喋血沙場，也在所不惜！

瑪太這邊，也與沙烏老師準備齊當，由於此行任務隸屬調查團性質，因此除了他及沙烏老師二人以外，只帶了二十名護衛隊員作為支援及補給用，而且全都不是戰士。

生性小心謹慎的沙烏老師，也特地吩咐所有人員都帶上貼身彎刀，以備不時之需，因為有刀在握，總比意外發生的時候，赤手空拳與對手格鬥有勝算多了。

瑪太一行人也在眾人的陣陣祝福聲浪裡，緩緩開拔前進，朝王朝的南方疆界而來。

「父親大人，您要多保重。」莎卡蘭溫柔且不捨地向父親揮手道別。

「瑪太哥哥，你也要和瑪雷哥哥一樣，勝利回來喔！」小妹瑪家公主也用力揮手道珍重。

「會的，我們一定會平安回來的，瑪家，莎卡蘭，再會了……」

瑪太在遠方高地大聲回應，但都被無情的落山風吹捲回來，回音也軟弱無力，似有似無，但瑪太心裡堅信，瑪家一定會聽到的，尤其是莎卡蘭……

一行人走出部落，步入山徑，迴旋在群山萬壑之間。

座落在台灣島中間部位的中央山脈，在此處，磅礴嶔崎之勢已經趨緩，但山勢依然斜峭壁立，直指靈霄虛空；深谷依然幽渺深邃，陡落行客足下。

山徑蜿蜒曲折，猶如一條千丈巨蟒，盤旋在青山綠水間，眾人就好像走在蛇背上，小心翼翼地緩緩前行，深怕萬一失足，驚醒這條巨獸，只要牠略一翻身，稍稍扭動身軀，自己非從山路上滾落萬丈深崖不可，因此進程並不太快。

從金沙部落到射麻部落，相距約有一天半的路程，一行人早出夜宿，只待明日一早，就可以在射麻部落的勢力範圍內進行調查任務。

隔日一大早，眾人紮縛停當，重整旗鼓，沿著荒涼小徑，陡落河谷，一步一腳印，小心翼翼朝射麻部落走了過來。

一路上依然河谷山色美不勝收，彷彿一幅幅動人圖畫，在眼前不斷流轉，令人不自覺心曠神怡，正目眩神馳之際，突見沙烏老師迅速朝一個小徑旁薄草處，欺身伸手用力一翻，一個獵人專用的獵物陷阱立刻映入眼簾。

獵物陷阱裡，有隻山羌已經橫躺在彼，平時活蹦亂跳，難得一見，更難以捕獲的神祕小傢伙，如今不僅屍體由軟轉硬，又由硬趨軟，少數蛆蟲已經冒出頭皮尖頭，奮力挪動肥厚的身軀蠕動著，山羌顯然已經死亡多日了。

眾人立刻被沙烏老師這突來的舉動嚇愣住了！

他眉頭一鎖，眼光一沉，現出一臉孤疑模樣，這山羌中陷阱身亡，屍體腐爛生蛆，是會打獵的人都知道，也常見到的「尋常事件」，因為有時獵人因為放置陷阱過多，或臨時有事在身，不能前來收拾陷阱，放置的獵物腐爛生蛆，都是常有的事情，怎麼沙烏老師會有如此「怪異又不尋常的表情」呢？

眾人不解，瑪太也不解，不過，瑪太深深知道，老師可能發現什麼重大線索了！

沙烏老師又帶領大伙兒走了數十步，同樣動作，又朝一蓬雜草堆裡，搜出一個顯然已經捕中獵物的陷阱，翻開一看，果然有一隻碩大的帝雉也已經死亡多日，身軀發臭了。

沙烏老師又找出同樣狀況的三種陷阱，結果都完全相同。

此刻的他突然駐足不前，一會兒觀天，一會兒察地，立刻下令，全員就地停留，休息片刻。

「老師，您好像有什麼發現了，是不是？」瑪太見事有蹊蹺，誠懇地發問請教老師。

「來，瑪太，我問你，你從剛才老師的舉止動作，發現或體會出什麼來？」沙烏老師不僅沒直接回答瑪太的問題，反而當場考起試來。

「噢，我想想……老師先是看到一隻死亡多日，肉已生蛆的山羌，不遠處，又發現一隻也死亡多日，肉已發臭的帝雉，然後又搜出相同狀況的三種陷阱，也都有獵物死亡多日的事件，最後再遠望天空，細察山徑，對不對？」

「對，好，很好，你觀察得很仔細。不過你所講的，都只是事實的直接觀察而已，老師曾經教過你『見微知著』這個道理，你再說說看，老師這些舉動的意涵所在，到底是什麼呢？」

「嗯，瑪太先從這幾隻死亡多日的獵物說起。森林是上天賜給我們族人的寶庫，森林裡的小動物們，就是其中的寶物，也是上天恩賜我們的食物，所以我們必須敬畏森林以及森林內的所有動物，那樣才能得到上天的庇佑，在艱難的環境裡存活下來，尤其到了冬天，或戰事將起的時候，食物更加珍貴，好的獵人們是不會隨便浪費或糟蹋食物的。」

「好，再說下去。」

「其次，老師之所以『觀天』，是因為現在雖然是冬季時節，卻還沒到氣候嚴寒得足不出戶，不得不在家裡避寒的地步，何以獵人沒有前來收取獵物呢？再者，老師之所以『察地』，無非就是要找尋附近是否有人經過的足跡，不過瑪太看老師的表情，恐怕不甚樂觀！」

「對，我發現到附近的山徑上，多日來都沒有獵人或住民走過的痕跡，此處離射麻部落也不過半天路程，卻好像被世人所遺忘一般。那你再說說看，老師的結論是什麼？」

「嗯，好，瑪太不敢十分肯定，因為老師的想法就如同天空的雲朵一樣高遠，瑪太只能遠觀聯想，卻無法搆到角，沾上邊，更不用說入門探祕了。」

「哈～哈～好說！好說！你別把老師捧得這麼高，老師也是凡人，凡人智力相差無幾，最重要的，是有沒有處處動腦，時時用心，你直說無妨，不夠之處，老師也會樂於幫你補充，要有自己的見解，才不會人云亦云，也才能夠有更大的進步空間！」

「是，老師說得對，那瑪太就嘗試論述。在這種天末酷寒，地未生變的時節，獵人除非遇上重大事件，否則是不會放棄難能捕獲的獵物，特別是在冬天這種食物嚴重短缺的時候。因此，這趟原本看來極為單純的調查事件，背後絕對有不尋常的事件隱藏其中，瑪太能力所及，只能推測到這裡了。」

「嗯，不愧是為師高徒，你才跟我幾年，論機智，談反應，說事理，都有長足的進步，老師果真沒看錯人。瑪太，你確實將為師心中所擔憂的心事剖析出來了。不過為師再補充一點，瑪太，你要記住，凡事都有前因後果，不會無端發生，如果山地人與漢人不合，或將有戰事發生，戰事必在南方與漢人交界處，但他們卻對這北方糧食寶庫置之不理，加上又無人前來北方知會我們王朝加以協助，不是很奇怪嗎？唯一能解釋的理由，就是戰事可能發生的方向，不是在南方，而是在北方，他們即將面對的敵人，不是漢人，而是山地人！」

「啊?!老師的意思是……」

「沒錯，為師觀察北方路徑，已有數日沓無人跡，背後隱藏危機的嚴峻，恐怕非你我所能想像，有『山雨欲來風先起』的徵兆！只是為師猜不透，射麻部落乃排灣族南方捍衛堡壘，為威瑪王朝抵擋漢人的入侵迭有戰功，而且以勇悍聞名全台，漢人也不敢無端生事。一向對威猛王忠心耿耿的他們，何以不是對漢族生起戰禍，反而矛頭轉向血濃於水的同族部落，是想趁威猛王生病時就近搶奪王位，還是另有圖謀或隱情，就不得而知了？」

沙烏老師語重心長地表示，一語驚醒夢中人！

瑪太瞪大了雙眼，耳中好像遭到雷擊，嗡嗡作響，彷彿雖長有雙耳，卻難以聽聞，為何射麻部落反向威脅王朝呢？如果再推論，何以善於搜集情報的三哥瑪風，這次卻判斷錯誤，真的是純粹誤判嗎？

瑪太不願意，也不忍心再往下想，但他知道，一定逃不過思路敏銳，料事如神的老師眼裡！

「瑪太，既然我們知道或許前方有莫大的陷阱，我們就小心地一起前去探究原因，追蹤始末，你就不要想太多了！」

「是的，老師。」

瑪太知道老師故意跳過最令他擔心的事情，心下感激莫名，也不想再費思量，在沙烏老師的帶領下，眾人再度邁步出發。

由於大伙兒知道前方的血緣部族，矛頭竟然回向自己，不由得又驚又恐，一時全員的神經都蹦緊起來，步步為營地繼續走下去。

到距離射麻部落山門口數百公尺遠，沙烏老師返身揮手示意，全員收到訊號，立刻停下腳步。

沙烏老師對著大家謹慎且清晰地說道：「前方就是我們的調查目標，還好我們已經搶先嗅出對方的不友善，不過大伙兒也不用太過擔心，我們原則上是以『調查』為最高目標，千萬不要引起不必要的衝突，敵強我弱，衝突對我方大大不利，因此現在我們兵分兩路，第一隊十人，由我率領，直接從部落大門口進入；另一隊十人，由瑪太率領，採迂迴戰略，從遠方繞道側面調查。彼此相互支援，現在只能靠我們自己的力量來達成任務了，大伙兒明白嗎？」

「是，老師。」眾人齊聲回道。

瑪太率領十名手下，掩身護體，如狡兔一般，東跳西藏，從射麻部落外圍緩緩逼進，一路順暢，並無任何阻礙；但就因為太過順利，反倒讓瑪太私下擔心不已，更加小心應付。

沙烏老師這邊，也親率十名手下，雖說從大門口直接迫近調查，但也「直進中帶有迂迴，迂迴中又不失直進」，也以迴旋式走法，漸漸逼近山寨門口前約十公尺處。

眾人這才發現，前面坦坦大道上，果然設有重重機關，正想從旁邊雜木蓬草的空隙內潛入時，突然看見從部落內衝出一位小男孩，邊跑邊玩，一副天真活潑模樣，渾然不知前方正有死亡陷阱向他招手！

小男孩年幼無知，一腳正要誤踩奪命陷阱，沙烏老師從遠方見狀，發現這小男孩的性命危在旦夕，顧不得暴露身分及前方危機重重，一箭步衝上前，朝小男孩這邊飛身救來！

沙烏老師年紀雖長，身手依然慓悍；但他的速度快，陷阱無眼，速度更快！

還好沙烏老師彷彿能預知陷阱所在，加上眼明手快，心思反應力更強，一腳踏地，立刻知道啟動陷阱，「嗖」的一聲風起，空中一條如棟梁般大木狠擊而下，快捷如電！

沙烏老師側身一閃，扭腰避過，正想喘口氣，哪知足落之處，又啟動另一道索命機關！

「啪」的一聲雷鳴，一排如樹幹長刺的巨大排刺當面來襲，橫頭掃過，揚起地面一片塵沙！

沙烏老師又以迅雷不及掩耳的速度趴地閃躲，同樣又在間不容髮之際閃身而過。

就這樣，機關重起，閃身再過，短短幾公尺的距離，走起來倒似幾公里遠，看得眾人冷汗直流，毛髮豎立，為沙烏老師捏好幾把冷汗。

眼見沙烏老師好不容易已經欺近那名天真小男孩身邊，這小男孩原本要誤觸機關，卻看到沙烏老師一連串驚險動作，看得他開心地呵呵笑了起來，好像大人正在耍寶，刻意表演給他看，逗他開心似的，一丁點兒也不緊張，與在遠方一把把冷汗直流，一聲聲小心呼喚的大人們，恰起強烈對比。

等到沙烏老師一逼近，小男孩竟以為沙烏老師是要過來抱他，傻呼呼地張臂邁足迎了上來，眾人一見不得了了，一時忘了身處險境，隔岸破口大聲急呼。

小男孩根本不知道對面的大人們是在叫他原地別動，恍若未聞，一腳踩下，瞬間又啟動另一層厲害機關！

沙烏老師原本就闖關勉強通過，左支右絀，如今再生事端，竟然「兩件機關」同時發動，來襲時間又不一致，沙烏老師一心為救無辜小男孩，也顧不得自身的危險，索性將老命拚了！

腳下用力一騰，立刻飛身上天，眼前數支飛箭同時迎面來襲，沙烏老師閃過大多數，卻因目視地上小男孩動靜而一時不慎，被一箭從左肩頭擦過，立刻飛血如注！

但沙烏老師奮不顧身，右手一攬，再用力一挾，將小男孩硬地搶身救起，同時又激起數支飛箭悍然來襲，還好上天保佑，都讓他幸運地躲了過去。

沙烏老師這才驚魂略定，輕輕放下甫從鬼門關前走一遭回來的小男孩。

小男孩瞪大一雙烏溜溜的明眸大眼，一臉無辜模樣，絲毫不知道方才真的是千鈞一髮，最後還笑嘻嘻想和沙烏老師玩耍。

沙烏老師見其模樣天真可愛，不覺莞爾一笑，倒忘了肉體上的疼痛，輕撫小男孩軟如雲絲的頭髮，就像慈父對待親兒一般，順便將鮮血沁透衣衫的左手臂傷口包紮好。

正要起身，不知何時，大概是救人過度傷了神，又見到如此清純可人的小朋友緣故，才一時失了警覺心，已經有數支尖矛對準自己的脖子了。

沙烏老師抬頭略加一瞟，見對方人多勢眾，自己又受了傷，實在難以抗拒，索性雙手一攤，瀟灑地擺出一副投降樣貌。

隔著機關，遠看主帥破關、救人，繼而被俘，卻一點兒也使不上力，幫不上忙的眾人，也全慌了手腳。

原本以為是再單純不過的「調查」行動，最後的結局，竟然是蒙上一層令人難以心安的黑雲。

瑪太左觀右看，憑著身邊眾多巨木高立，正好遮住身影，並未被對方發現，但也看不到對方的半條人影。

正考慮是否要暗中潛入部落內部的時候，突然聽到有人在大呼小喝，本以為是風聲誤傳，但聲音又連綿飄來，眾人仔細聆聽後大驚，沒錯，是隊友的呼喚聲音，可能已經被對方發現，進入戰鬥狀況了，敵暗我明，敵多我少，不敢緊救援是不行的，因此率眾也迅速搶步來救。

哪知大伙兒才走到一半，由於發出的聲響太大，立刻竄出十多條人影，有人持弓，有人拿盾，有人執矛，瑪太本想呼動手下抵抗，心想還有機會脫險，無奈山下同時傳來震耳鼓聲，聲聲如雷鳴炮響，是戰鼓之聲，眾人居高臨下，不約而同地往下邊村寨方向一看，發現沙烏老師等人已經被捉住，綁了起來！

瑪太知道此時如果做無謂的爭鬥，只會加速全員無謂犧牲而已，不如暫時棄械投降，再伺機等待反撲機會。

調查團全員遭逮，射麻部落一觸即發的緊張氣氛立刻煙消雲散，繼之而來的是「咚咚咚」的扣人心弦戰鼓聲，聲聲催人急，音音竄心劇，令人聞之膽顫心驚！

一根根火把被點亮起來，四周立刻映照出似鬼如魅的恐怖黑影，在幽暗的夜空下蔓延開來，令人更加驚悚。

射麻部落全族勇士同時圍攏過來，將調查團成員團團圍住，絲毫不留脫逃空隙，有人甚至亮出開山刀，在火光下逼出冷冷寒光，以防豢中之鱉有蠢動之舉。

在陣陣戰鼓及聲聲呼喝下，包括沙烏老師及瑪太等共二十二人，都被死死地綑在一根根堅硬如鐵的木樁上。

一名頭戴熊鷹羽冠，胸圍山豬獠牙項圈，滿臉橫肉的粗壯大漢，扳著臉孔，雙眼迸出令人生畏的寒光，朝眾人被縛處緩緩地走了過來，左手握有一把山地彎刀，光亮無比，反射火把的餘光，射出血紅色的鋒刃，彷彿是隻嗜血的怪獸，正想咬向敵人的頸動脈，暢飲鮮血一番！

在一旁守衛的勇士群一見到他，立刻自動地讓出一條康莊大道來，好讓他那龐大壯碩如台灣黑熊的身軀橫掃而過。

此人是誰？正是南台灣以武勇聞名，戰功輝煌，赫赫有名的射麻部落大頭目——「拉納魯」。

拉納魯大頭目一言不發，面容嚴肅，原本就難看的臉孔，如今緊蹦起來，七孔縮成一孔，詭異形狀更是嚇人！

身體好像殭屍一般，直挺挺地掃了過來，出乎意料之外的，左手彎刀向被縛的調查團成員一指，竟然破口大罵起來。

「混蛋，一大群混蛋，一群大混蛋，眼睛長在頭頂上，沒學會走路就想飛，還算計到老子頭上，真是大混蛋！」

「你，你知不知道我是誰？」

拉納魯大頭目操起彎刀，向其中被縛的一員，用刀面往他的肩頭上用力一拍，「砰」的一聲嗡嗡作響，刀刃就順勢架在脖子上，做出一副只要回答不出來，就要砍人腦袋的模樣，嚇得那人腳下一抖，全身一震，尿水不自禁地傾洩而下，看得拉納魯大頭目「呸」的一聲，一臉不屑的嫌惡狀，再接著繼續痛罵。

「沒用的傢伙，這三隻無情無義的小山豬，怎麼會派出你這等傢伙當勇士，要來收拾我，我呸，分明看不起我嘛，氣死人了，真的氣死人了！」

「喂，你就是我父王手下，人稱『神勇戰將』的拉納魯大頭目嗎？」

「噢，你……你就是想造反的三隻小山豬之一嗎？」

「拉納魯大頭目，我尊稱你一聲大頭目，希望你也能尊重我一下。第一，我不想造反，也沒有理由造反，更加不會造反；第二，我不是你說的小山豬，我不改姓名，是威瑪王朝，威猛王的第五個兒子，瑪太！」

「噢，你說你不會造反，也不是小山豬，是這樣子嗎？好，那你為什麼帶這麼多人來圍剿我射麻部落，這不是前後矛盾嗎？快給我說清楚，講明白，否則別怪我拉納魯大頭目心狠手辣，先宰了你這隻無情無義，忘恩負義，想廢親造反的小山豬，再親自向你的父王請罪！」

瑪太聽到對方口口聲聲罵自己是無情無義，想造反的小山豬，心中有氣，但聽出他的口氣裡，又彷彿極度推崇父王，並沒有自立為王或造反稱王的舉動，這到底是怎樣一回事呢？

瑪太內心不禁一陣盤算，哪知拉納魯大頭目並不給他思考的時間，索性提起彎刀，立刻轉架在瑪太的脖子上冷笑。

「怎麼了，說不出話來，承認了吧！」

「不，我當然不承認，有話要說！」

瑪太見這是救大家唯一的機會，而且側眼見到沙烏老師好像受了傷，不知輕重如何，內心也擔心不已，心想自己不如先沉穩住氣，跟他好好說清楚，講道理，或許還有活命機會。

「我瑪太對著祖靈發下毒誓，絕不會背叛父王及王朝子民，如有異心，天地不容，不得好死！」

瑪太先發下重誓，安撫一下氣燄凶騰的拉納魯大頭目，發覺這招果然奏效，才接著用老師教過的分析事理方法，有條不紊，一項項理充詞沛，義正嚴辭地分明道來。

「拉納魯大頭目，我知道我們之間一定有什麼誤會存在，如果說我方要圍剿貴部落，怎麼只派二十名人員前來，而且還都不是王朝內最勇猛善戰的勇士呢？這絕對不是看不起你，打仗不是你死，就是我亡，哪有看得起看不起的說法呢！而是我們根本無心開戰，反倒是關心你們與漢人間是否有不愉快事情發生，前來調查，並給予適度的協助，否則以大頭目這般神勇無比，誰人不知，哪人不曉，王朝內怎可能只派些蝦兵蟹將前來，那不形同以卵擊石，自取滅亡，你說對不對？」

「哦？好像有點道理喔！」

「這就對了！」

瑪太見這招又管用，不如打鐵趁熱，接著說下去。

「我們都是同王國，同血緣的親族，人的胳臂是向內不向外，怎麼會無端攻打同族的人，反而不打欺我太甚的漢人呢！能否請您見告，為什麼會對我們懷有敵意呢？」

由於瑪太的謙沖有禮，加上一臉斯文，聰明樣貌，拉納魯大頭目本有幾分歡喜之色，又聽他侃侃而談，對於頸上威脅的性命之刀，竟然恍如未見，小小年紀，只有十一、二歲左右，卻有如此膽識，心下也有些佩服，本想和氣以對，但一想到自己部落所受到的不公平待遇，心下又一把無名火起，忿忿不平。

「不是我有意刁難你們，實在是你們欺人太甚！十天前，突然從你們威瑪王朝派來一位使者，頤指氣使，囂張跋扈，說威猛王已經病危退位，目前江山改由三位公子聯合執政，正想開疆拓土，趨走所有在南台灣的漢人，於是在王朝用兵之際，我射麻部落有幸抽中籤王，擔任打前鋒第一順位，男丁出征攻敵，女性為娼誘敵，無用的老弱充當箭靶。其他族群依籤抽中順位排列，共同為神明指派輔助的大威瑪王朝犧牲生命，為我排灣族建立千秋霸業。在新王朝建立以後，必能永垂青史，供後人永世膜拜。並說數天內如果不順從，必遣大軍壓境，掃平所有不服新王朝的絆腳石！你自己想想，這種無理要求，豈不令人血脈賁張，咬牙切齒呢？我拉納魯大頭目一生做事光明磊落，為王朝也立下過不少汗馬功勞，到頭來竟要毀在你三位無情無義的……身上，我們被迫為家園進行保衛戰，你說我們這麼做哪裡不對呢？」

「喔，原來如此，果然有人在暗中搞鬼！」

不等拉納魯大頭目再問，以及瑪太再回答，從被縛的另一端竟然傳來這種聲音。

「咦？這……這是誰在說話呢？」

拉納魯大頭目聽完，嚇了一大跳，好熟悉的聲音喔！會是誰呢？

循著聲音繞過去，已經有手下向他指出，說話這人，就是為了搶救一位差點中了部落巧設陷阱的族內小男孩而受傷被捕的老人家。

拉納魯大頭目懷著狐疑的目光，藉著火把餘光，走近一看，這人正是「沙烏老師」！

他方才之所以不發出聲音來，其實就是在測驗瑪太在臨危之下的機智反應，因為一個人平日再怎麼聰明伶俐都沒有用，要能在大險大惡的環境裡生存下來的人，才會是最後的贏家。

拉納魯大頭目望著前面這位已經六十好幾的老人家，精明幹練的眼神裡，閃耀著睿智的光芒；歷盡滄桑的面容裡，透露著堅毅的性格。好熟悉的臉孔喔！他，到底是誰呢？

「啊！你，你不是──沙──……」

「求你不要傷害我的沙烏老師，要殺要剮，全由我瑪太代替好了！」

瑪太以為拉納魯大頭目遷怒於沙烏老師，想對他有不利之舉，立刻大力發聲制止。

「沙……烏老師？咦……哈~哈~……」

沙烏老師趁瑪太開口之際，竟然向面前這位兇猛勇悍，令人望而生畏的大頭目頑皮地擠眉弄眼，示意他不要再說下去。

拉納魯大頭目會意，也止住了話頭，立刻命人解下被縛的眾人。

大伙兒不明究理，怎麼眼前這位正在捉狂發飆的兇神惡煞大頭目，在看到沙烏老師以後，態度便和善客氣起來，有一百八十度大轉變，眾人心下折服，沙烏老師果然有兩下子。

「我來跟大伙兒介紹一下，眼前這位雄赳赳，氣昂昂的大頭目，是當今除了威猛王以外，首推為排灣族第一勇士的拉納魯大頭目，是我年輕時代的舊識，曾經共同作戰多時，一起出生入死過，當然，我事前並不知道射麻部落的當家大頭目就是他，否則也不會讓大家吃足了苦頭。唉！拉納魯大頭目，想不到時間流轉匆匆，竟然在一晃眼間，就是三十幾年，而你也成了統領一方的大頭目了！」

「你千萬不要叫我拉納魯大頭目，我會擔當不起，直接叫我拉納魯好了。對了，我該稱呼你——沙——……」

「噢，哈～哈～老朋友重逢再聚，人生一大樂事，怎麼都客氣起來了。嗯～……現在你不妨叫我『老沙』好了！」

「啊？不成，那是漢人的叫法！不如這樣好了，我就跟五王子瑪太一樣，稱呼你一聲『沙烏老師』好了，這樣也不為過嘛！」

「好，好，沙烏老師就沙烏老師，哈～哈～。咱們還是轉回正題，先前你說有使者前來耀武揚威，想對你們部落子民趕盡殺絕，這分明是借刀殺人之計，我分成兩個層面來說好了……」

「第一，哪有王朝掌權者初登寶座之際，收攬人心都來不及了，就要對屬下部落痛下殺手呢！什麼男丁出征殺敵，女眷獻身誘敵，剩下的老弱婦孺當擋箭牌，這分明太過不合常理，是不是？」

「對啊，我起初以為他在開玩笑，也不相信，因為我對威瑪王朝就算沒有功勞，也有苦勞，這是眾所皆知的，即使威猛王傳位三位公子，也不應有這麼大的差別，況且我也沒有趁威猛王生病之時起了異心，陰謀篡位。但那位使者言之鑿鑿，說這是三位甫登王座的王子聯合下的命令，而且也經過威猛王本人的同意，並拿出一張文書，上面果然有威猛王的親手諭，我才相信，威猛王已經不再信任於我，想借機剷除我族！於是我下令全員備戰，浴血抵抗，就算戰死也不能任人宰割，以免慘遭滅族惡運！喏～你看，威猛王親手諭不就在這兒嗎？」

沙烏老師接過手諭一看，上面並無題字，只有慣用的大手印而已，連指紋都清清楚楚，沒錯，是為真跡，而且旁邊也有三位王子的親手筆跡，當時的山地人沒有文字，都是以象形符號充當使用，各挑一個日月山川形象代表自己的身分地位。

沙烏老師立刻叫瑪太過來，叫他再重新書寫一張，兩相比對，果然痕跡有九成神似，只是並非真跡，這下拉納魯大頭目才明白過來，原來自己成了別人鬥爭的殺人工具了！

「第二，拉納魯大頭目素以勇猛著稱，眾所皆知，如果威瑪王朝想對你們不利，至少也得付出五倍以上的傷亡人數，這種雞蛋碰石頭的打法，必定要發動『奇襲』才能奏效，如今反而事先告知你，明知你必定不會輕易就範，又為什麼要事先告訴你，再損兵折將來打你呢？所以單就這一層面來看，借刀殺人的計謀就更加明顯了！」

「哦～對喔！我怎麼這麼笨，連這麼簡單的道理都沒想到，王朝如果明知一定徵調無功，戰事必起，又為何要事先通知我呢？我還真是笨的可以，被人利用不打緊，還差點誤殺沙……沙烏老師，及五王子瑪太的性命呢？唉呀～我真是笨死了！」

「拉納魯大頭目，你也用不著太過自責，陰謀者的計畫如果那麼容易察覺，就不算陰謀者了！瑪太，你可能要有心理準備……唉！權力與欲望，本就是人性最大的弱點呀！」

「老師，事態有那麼嚴重嗎？」

瑪太憂慮地問沙烏老師，當然，他希望得到老師「否定」的回答，只不過，他也知道這是不太可能的事。

老師無奈地點了點頭，瑪太才又接著問。

「那……那我三哥瑪風，就是那個陰謀者嗎？」

「瑪太，我知道這個事實很難讓你承受，但畢竟事情發生了，有時候命運之流的安排，不是我們凡夫俗子所能阻擋的，老師現在只能肯定，你三哥瑪風的確是陰謀者之一，但我沒說他就是主謀者？」

「噢！還有主謀者，那會是誰呢？」

「唉！……我早該防範了，可惜還是遲了一步！事情的導因是這樣子，大概七天前的一個夜晚，你父王的病情略為好轉，便把我叫到床前交代後事，當時巫醫史達也在現場，你父王雖然請他退下，但據我猜想，他可能偷聽到我們之間的祕密談話，由於這次的談話內容事關重大，是你們王朝繼承接班人的大事，所以且聽我慢慢說來。」

「你父王說他最近老是做相同的夢，就是信步走在一片大草原上，正在享受艷陽晴天，突然烏雲密布，接著閃電雷鳴，電光石火劈中一棵大樹，樹身瞬間起火燃燒！迷煙中隱約看到大兒子瑪霧，正要追過去，忽然又捲來一陣強烈的風吹砂，令人睜不開眼睛！等沙塵止息後，瑪霧不見了，天空出現了一顆小小的紅太陽，接著對面的山頭也出現了一道彩虹，那是通往祖靈國度的天橋。他問我對這夢境有何見解？」

「我當時告訴他，必是過度思念大王子瑪霧才會做這樣的夢，但他搖搖頭，顯然心中已有定見。他說夢中的雷、木、風、太陽必有深意，似乎都與自己的兒子有關，只是一時還參不透其中玄機。不過可以肯定的是，彩虹橋對岸的祖靈國度正向他招手呼喚呢！他自覺時間緊迫，離世在即，加深了即刻傳位的念頭。」

「你父王雖然年邁久病，但思路卻還十分暢達，他當時有一番精闢的分析。據他親口指出，如果你大哥瑪霧在世，自然由長嗣承續大統，王朝依然可以昌榮繁盛。不過天忌英才，自從他戰死沙場以後，這王位繼承的問題，彷彿成了惡靈的詛咒，他心中最擔心的事了。」

「你二哥瑪雷，性烈如火，只適合當一族之長；你三哥瑪風，雖然心思細膩，但權謀太重，只能當一世霸主，無法傳承千秋大業；唯獨五子瑪太你，天資聰穎，加上仁慈待人，將來的成就一定可以大過原本的大哥瑪霧，甚至威猛王他自己！只可惜幼子承位，戰端必起，為了王朝子民著想，也只有默默承受這些惡靈的詛咒了。因此他當下賜我王位象徵信物『百步蛇匕首』，這把隨他爭戰數十年的貼身護刀，希望能讓你在日後可能發生的凶事中，化險為夷。並囑託我轉告於你，務必千萬謹記，以全王朝百姓為念，不可為一己之私所蒙蔽，那只有加速王朝的毀滅而已！」

沙烏老師說完，從厚重衣服內取出一把藏身的青銅刀匕首，以雙手恭敬地遞交給了瑪太。

瑪太不敢相信，父王竟然如此器重自己，想將王位大權交付給他。

當然，父王完全是以全王朝百姓的未來幸福為念，但，資歷尚淺的自己，真的承受得起這種重責大任嗎？

瑪太雙手顫抖，也以雙手恭敬地從沙烏老師手中，接過這代表王朝信物的青銅刀匕首，端詳良久，才將匕刃輕輕地抽了出來。

這把外表不甚起眼的小匕首，匕刃竟然泛出白色寒光，光彩明亮耀眼，而亮光之中，卻透有一股凜然不可侵犯的王者之氣，那是一種令惡人生畏、喪膽的正義之氣，瑪太眼中彷彿看到有一條栩栩如生的百步蛇王，正朝著自己昂首吐信，張嘴露牙，準備致命一擊！

瑪太嚇了一大跳，趕緊將匕首又推遠一點，影像就消失了；再貼近一看，又出現了！細細察看才發現，原來這百步蛇王的影像，是雕刻在匕首刃面上的，刻法極其細膩，因此十分逼真，難怪有一種似乎要朝自己衝出狠咬的可怕感覺，可見得這是把深具靈性的神奇匕首！

匕首的刃面是精鐵鑄造，磨得晶亮。握把是銅製的，乃雕鏤成一隻尖頭、翹吻、寬腮，背部有三角形花紋的百步蛇，蛇身正好與持有者的手指指節緊密結合，人蛇合一，有君臨天下之態！

「瑪太，你準備好了嗎？」

「老師……我……我準備好了！」

瑪太兩眼瞪得偌大，眼神裡放出太陽般光芒，內心也篤定不已。

「好，拉納魯大頭目，立刻準備──『百步蛇戰舞』！」

「啊……沙……沙烏老師，真的要跳『百步蛇戰舞』嗎？」拉納魯大頭目感動地熱淚盈眶。

「拉納魯大頭目，就讓我們一起回味真正的山地族勇士戰舞吧！」

「百步蛇戰舞？」瑪太自言自語地說。

他雖然沒有聽過，也沒有見過，但照拉納魯大頭目這種慓悍型大頭目，一聽到百步蛇戰舞竟然激動不已，熱淚欲泫，瑪太心想，這必是一場驚天動地，真正百年難得一見的神聖戰舞了！

戰記進行曲一：百步蛇戰舞

「瑪都依塔卡拉哇……（咒語）」

「萬能的天神，神聖的祖靈，請靜聽百步蛇子民的呼喚，讓我們以最虔誠的心，敬獻這最神聖的百步蛇戰舞，為出征的勇士們祝福，請賜給我們百步蛇的勇敢、堅韌，和給敵人致命一擊的決心。燃燒吧，火把之精！燃燒吧，祖靈之魂！燃燒吧，百步蛇之王！」

「瑪都依塔卡拉哇……（咒語）」

隆隆的戰鼓聲震撼山林，響徹雲霄，彷彿將整個地面掀彈起來；濛濛的戰士影，虛幻幽離，剛健勁拔，好像放大數十倍的雄偉巨人。

火把裡，戰士們的黑影，緊貼地面，幻化成數百條活靈活現的百步蛇，強攻猛擊；夜空下，戰士們的魂魄，飛升上天，合體成一條精光四射的百步蛇王，傲視穹蒼。

明亮的火把閃耀，在每個戰士的臉上燃燒，在他們慷慨激昂的歌聲中沸騰，空氣中瀰漫著勇敢與力量的極致表現，這偉大、震撼、激烈的百步蛇戰舞，是百步蛇子民與祖靈天人合一的最高表現，即將在神明的祝佑下，攻無不克，戰無不勝，横掃千軍，凱旋而歸。

猛烈的戰舞像催眠術一樣，將這群意志堅定的戰士們的鬥志提升到最高點，義無反顧，準備迎接最艱難任務挑戰的到來……

沙烏老師將代表王朝的「王者之冠」親自為瑪太戴上。冠宇的前方由一顆顆山豬牙排成一個大太陽形狀，內圈繞以黃橙交錯的絲線，最裡面則由一塊大紅布鋪飾，形成一輪旭日初昇的樣貌。帽身是由軟韌的鹿皮製成，環成一個頭圈；外層也是以紅、橙、黃三色絲線交互纏繞，並在上下處綴以環圈豹牙，尖銳鉤齒，更增威猛神采。

連瑪太的貼身寵物「嘎嘎」，也戴上一頂由五色鳥羽毛製成的小羽冠，威風凜凜，一人一猴，一主一從，散發出異樣的神采，彷彿是山地族與大自然的英靈合而為一，在落山風的吹拂下，見證了新一代王朝的崛起。

在眾目睽睽之下，瑪太堅定地抽出象徵威瑪王朝統治者的信物——「百步蛇匕首」，在萬千火把的餘光裡，激射出萬丈雄光，瑪太內心已經不再迷惘，為了拯救千萬子民，哪怕上刀山，下油鍋，瑪太都能甘之如飴，因為他即將面對的，是比刀山、油鍋，更加凶殘百倍的血淚事件──骨肉相殘！

隔天，沙烏老師集合部落裡重要幹部，召開緊急軍事會議，會中語氣沉重地說：

「瑪太，我們的凶險期已經過了，你父王，因為畢竟也是你三哥瑪風的親生父親，暫時應該不會有性命之虞，為師現在最擔心的，倒是你的二哥瑪雷！」

「啊？二哥瑪雷，老師的意思是……」

「沒錯，你二哥瑪雷所面對的敵手，是比山地人更凶殘百倍的漢人將軍李炎，為師聽過他的傳說，是位好戰成性，凶狠暴虐的魔鬼將軍，手下擁有數千精銳士卒，你二哥瑪雷如果戰敗逃跑，或許還可以保住性命；如果執意做殊死之戰，恐怕以卵擊石，事態大大不妙啊！」

「老師的意思是，二哥所面對的事情較為緊急，要先救二哥瑪雷，再救父王。」

「不，因為時間太過緊迫，我們必須雙管齊下！你和我即刻喬裝打扮成漢族商人，從海路進發，由蹌蹻（今之屏東縣恆春鎮）北上，見機行事，設法救出你二哥。同時拉納魯大頭目也率領全族戰士開拔挺進，朝石門戰場方向駐紮，且等我倆回來會合以後，再做進一步商議。」

「好，只要沙……沙烏老師的吩咐，我拉納魯大頭目即使粉身碎骨，也必定力挺到底，絕不退縮。」

「哈～哈～拉納魯大頭目，果然豪氣絲毫不減當年！」

「哈～哈～彼此，彼此，沙烏老師過獎了！」

「好，事不宜遲，咱們兵分兩路同時進行，兩天後會合於石門戰場外。拉納魯大頭目，記得多帶些煮飯炊具喔！」

「啊？煮飯炊具！行，儘管吩咐，看來我們沙烏老師又有奇招妙計要重現江湖了，哈～哈～有意思！有意思！我拉納魯大頭目又有眼福了！」

瑪太與沙烏老師化裝成漢族商人，雖然看起來不是很像，但口音經過沙烏老師長期的調教及訓練，已經融入方言俚語，不仔細聆聽，還真的分辨不出真偽！

不過瑪太一路上話語不多，顯然頗為擔心二哥瑪雷的安危。

第二天，兩人已經到了漢人居住的集中地——「水底寮」。

放眼望去，四周景物，果然與山地部落大不相同，還好之前已經聽過沙烏老師的介紹，也不算太過驚訝。

瑪太發覺漢人極為重視農業，大凡建築模式都離不開耕種範疇。

鄉野田畝大都是零散的土埆厝與竹仔管厝，接近農耕地則是整齊的三合院，ㄇ字型的庭院寬大而舒適。

瑪太站在高崗上，眼前是一大片平坦的地面，幾隻水牛在河邊吃草，稻苗在微風吹拂下掀起一波波稻浪，還有水鴨穿梭水田稻桿間覓食，景色美麗極了。

最後進入市中心街道區，兩旁都是堅固的磚造屋，市街上商業行為熱絡，倒是身在山地部落裡不曾見到的熱鬧景象，瑪太因此也長了不少見識。

剛步入人群熙來攘往的街道，沙烏老師特地囑咐：「瑪太，待會兒不管打探出什麼消息，或發生什麼意想不到的事情，千萬記住老師現在的話，一不動怒，二不記仇，明白嗎？」

瑪太點了點頭，他當然知道老師的用心良苦。

老師的意思，第一層是勸他臨危不能亂；第二層是勸他切莫被仇恨沖昏了頭，而影響了理智的判斷。

當然，凡人的我們，如果真的遇到不幸之事降臨身上，真的能不動怒，不記恨嗎？而年紀輕輕的瑪太，這位被命運之神強迫提早進入大人你爭我奪的殘酷世界的少年，又能怎麼辦呢？

瑪太聽出沙烏老師用少見的口吻囑咐他，也猜出十之八九，二哥瑪雷的遭遇，恐怕是自己連做夢也想像不到的吧！

兩人剛踏入一家生意還算興隆的茶館歇息，選擇了一張陰暗角落的方正桌子，坐定以後，等店小二招呼完畢，便學一般漢人，泡起茶來，邊吃點心邊聊天。

如此舉動，並未惹來太多異樣的眼光注目，卻聽到隔壁桌有個矮小胖子和一個高大瘦子，兩人好像城隍爺身邊的護法神將七爺和八爺，一搭一唱，高談闊論起來。

「我說竹竿（河洛話綽號）啊，你有沒有聽說，前天蕃漢大戰，雙方打的是天昏地暗，日月無光，飛砂走石，地動山搖呢！」

「我還雞飛狗跳，鬼哭神號呢！哪有這等事，蒸籠（河洛話綽號）就是蒸籠，只會吹牛皮，說大話，豬頭皮是炸不出油來的！」

「我咧竹竿就是竹竿，沒有見識，也要有常識，這麼大的消息，你都不知道啊！」

「噢？是真的嗎？我這兩天在外地做生意去了，沒在這裡，竟然發生了這麼大的事件，快說，快說，快說，我還以為你在吹牛皮呢！」

「騙你會死，當時對方蕃將塊頭有多大呢？簡直像座小山丘，神勇無比，以一擋十，漢人無人能敵。但我李炎將軍智高謀多，早就算準他們會來劫營，便巧設機關等他們前來送死。果然不出所料，所以才三兩下子，那些個笨蕃民各個落入陷阱裡，立刻就死了大半，哀號聲千里可聞，真可謂大快人心啊！」

「接下來呢？」

「接下來就更精采了！聽說那些沒有現場死亡而被逮著的蕃民，也一一被砍了頭，全部都掛在東門口市場外的大柱子上，遙遙面對蕃寨，以逞我漢族威風，看他們以後還敢不敢前來挑釁呢！哈～哈～……」

兩人是愈說愈起勁，肆無忌憚地開懷大笑；沙烏老師及瑪太是愈聽愈傷心，心中汩汩淌血！

同族被殺，屍體還被凌虐，在當時蕃漢不相容的年代屢見不鮮，也顯露出大不幸時代的可憐悲劇！

沙烏老師看見瑪太雙拳緊握，眼眶泛紅，嘴角輕微抽搐，表面卻不發作，強自鎮定，他知道瑪太心中痛苦的感受，也慶幸瑪太能抑制自己的內心激動的情緒，便拉住瑪太的手，匆匆付了錢，急急朝村外僻靜小廟走去，在一棵百年大榕樹的掩護下，眼見四下無人，才鬆了一口氣。

「老師，現在我們怎麼辦呢？」瑪太還是一臉堅毅模樣，口吻卻一片茫然。

「瑪太，老師說過，此行你要有心理準備，漢人屠殺山地人，跟山地人出草時獵取漢人頭顱是一樣的，都是因為對彼此的不夠了解，才會造成這種歷史悲劇，也都是一些歹心政客故意挑起的族群對立，我們千萬不要陷入這種足以吞噬我們理性的漩渦，寧可當歷史仇恨的化解者，而不是製造者，你明白老師的意思嗎？」

「老師，瑪太明白，但瑪太能否請教老師一事？」

「嗯，瑪太，你問吧？」

「當人到了情緒瀕臨崩潰的時候，如何化解這種不安的情緒呢？」

「瑪太，這點老師年輕的時候也辦不到，因為人乃情感的動物，我們無法用單純的壓抑方法面對。不過隨著年歲的增長，老師也體會出，只有真正了解生命意義的人，才不會落入情緒失控的悲劇循環！」

「了解生命意義？」

「沒錯，生命是創造、維持，而不是毀滅；是接受、順應，而不是對抗。所有人類都一樣，就如同暴君以暴治國，雖也可創造出太平盛世的假象，但只能統領一時的天下，卻無法長久，就是因為逆天行事，最後連天都不會同情於他。所以最好的方法，就是『清心寡欲』，心境切莫隨物質、環境之波逐流，而是永遠像鏡面一樣澄清、平靜，彷彿無波之湖，明潔照人，月出東山，影入池底，所映之影與實體之物一般無二，就是真正的澄清。如果心湖泛起漣漪，那水中之月自然就起了皺摺，無法圓潤平滑了，是不是？」

「心如明鏡台，澄清映月影，影中月常圓，心中無漣漪。」

「很好，就是這樣。」

「瑪太雖然明白這個道理，但是我們應該如何做，才能達到清心寡欲，不動心性的境界呢？」

「老師做個比喻好了，就像是一杯水，你沒有必要去時時保持水的平衡，因為那不僅太難了，也太勞神費事了。我們何不順其自然，只要我們不強加作為在這杯水身上，時間一久，它自然就會平衡，而不費吹灰之力，這就是老師常說的『無為而無不為』的境界了。」

「喔，原來如此，我們不要刻意去保持水的平衡，只要任其自然，時間一到，它自然就會平衡了，那其中的奧妙，是不是要我們跳出思考與意念的羈絆，這些會影響我們心境之湖平衡的要素，心湖自然就會澄清無瑕，平靜無波了。」

「對，凡事最好站在『第三者的角度與眼光』去想、去看，就不會陷入自我意念的漩渦裡，執著不明而感情用事呢！」

「唔，瑪太明白了，謝謝老師的開導。那……我們下一步該怎麼做呢？」

「白天先探路徑，晚上再做行動，想辦法救回你二哥的頭顱，幫他返回祖靈的國度吧！」

就這樣，一生至今完全平順無波的瑪太，命運的湖面，已經掀起驚天波濤！

師徒兩人信步走來，都有心理準備。

等他們連袂走到熱鬧的大街口，再朝東邊走下去，就遠遠望見幾顆偌大的人頭，各個髮上結繩，被套牢在高聳的門柱上，而正中間那顆，特別壯碩粗大，眼若銅鈴，面色慘澹，沒錯，他正是與瑪太從小一塊兒長大，自己手足情深的同胞兄弟——「瑪雷」！

遙望二哥瑪雷悽慘的遭遇，瑪太做夢也想不到！

瑪雷平常雖然性烈如火，卻極重義氣及手足之情，也非常好相處，更加孝順父母，這樣一個好人，一個真正的排灣族勇士，竟然落到如此身首異處的絕境。

「天啊！」

瑪太不敢相信自己的眼睛，這一切就好像夢境一般，瑪太真的好希望這只是純粹一場惡夢而已，明天醒來一切都化為泡影！但，事實擺在眼前，是不容否認的。

瑪太不忍心再看下去，沙烏老師見狀，立刻以粗糙而巨大的手掌握住瑪太稚嫩的小手，瑪太在全身不斷泛起的寒意裡，緩緩升起一股暖意，直直湧上心頭，感謝沙烏老師的體貼，才同他一起退了回來。

兩人等到入夜時分，月出山頭，才慢慢挪移身軀，小心翼翼地潛近東門口市場邊。

還好漢人托大，以為山地人膽子都嚇破了，必定不敢前來劫回人頭，並無留置人員看守。

雖然如此，沙烏老師及瑪太也不敢掉以輕心，立刻伏低身子，如貓一般輕盈地潛伏在夜色裡。

由於救援人手不多，才師徒兩人而已，因此只救回瑪雷首級，身體當然找不到了，便匆匆轉回小廟旁，一間不甚起眼的土地公廟，沙烏老師認得，帶領瑪太雙手合十，他雖然並非漢族，但他深信，神明的庇佑，只分好人、壞人，而不分山地人、平地人的。

「土地公公，我叫沙烏，身旁這位年輕人是敝人弟子瑪太，如今他二哥瑪雷不幸戰死漢地，首級吾等尋回，希望就地掩埋，葬之於廟旁空地上，期望土地公公能大顯神威，讓瑪雷不安的靈魂早日回歸祖靈故鄉，與祖靈一同庇佑山地部落的千秋萬世，沙烏及瑪太師徒兩人雙手合十，誠心鞠躬敬禱。」

兩人同時雙手合十，以首叩地，期望土地公公能安瑪雷之魂，回歸祖靈原鄉。

兩人處事完畢，乘著淒迷夜色，匆匆回轉山地部落。

瑪太眼前即將面對的，已經不是兄弟的「死別離情」，而是更殘酷的「手足相殘」！

回到與拉納魯大頭目相約的集合地點「統埔社」（屏東縣車城鄉統埔村），已是隔天黃昏，夕陽西下，美景依舊，心境卻大不相同。

卻見瑪太的小妹瑪家，竟然也出現在迎接隊伍的跟前。

原來她是前一天已經探得三哥瑪風的陰謀，才從王朝部落裡逃了出來，準備回報給沙烏老師。

「瑪太，謝天謝地，祖靈保佑，你跟沙烏老師及眾人都平安無事，真是太好了！」

小公主瑪家緊握五哥瑪太的雙手，淚水早已泛濫成災，或許原本年幼開朗的她，應該過著無憂無慮的單純生活，無情的命運，也將提早讓她進入成人爾虞我詐的奸邪世界！

「瑪家，怎麼只有妳一個人逃出來，那莎卡蘭，還有父王人呢？」瑪太憂急地問。

「瑪太，你先別急，聽我細說從頭。」

瑪太先看了看沙烏老師，老師點了點頭，瑪家才開始述說近日遭遇。

當時沙烏老師留下女兒莎卡蘭的用意有二：一是明者保護威猛王本人的身家安全；二是暗中調查陰謀策反者的真實身分。

就在瑪太與瑪雷出發後的當天晚上，莎卡蘭與瑪家一起聯手密探三哥瑪風，果真見到他與巫醫史達聯合起來，狼狽為奸，準備篡奪王位。

巫醫史達早就告訴瑪風，他偷聽到已是生命殘燭的威猛王親口面諭沙烏老師，要將王位傳給五王子瑪太，而不是當世排灣族裡最精明能幹的三王子瑪風，並嚴正警告他，再不提早發難，王位及性命遲早不保。

經過巫醫史達的不斷聳恿，原本就工於心計的瑪風，便起了造反的心，進而設計出這一整套的「連環借刀殺人計」！

莎卡蘭與瑪家這才驚覺，原來這次的攻擊以及調查行動，全是人家精設的巧妙圈套，瑪風及巫醫史達成了「獵人」，而瑪雷和瑪太成了人家獵取的「獵物」了，只等他們一頭栽入捕獸陷阱裡，有命進去，沒命出來呢！

因此兩人私下商議，事不宜遲，分兩路前去通報瑪雷以及瑪太危險訊號。

哪知瑪風手段高明，早有防備，佈下眾多眼線，她倆人才剛剛步出部落山門口，便同時被逮個正著。

兩人失敗被擒，一起以「保護父王，免受惡靈騷擾」為由，與父王一起被軟禁起來。

隔天，瑪風提高了警覺，決定先下手為強。

瑪風進一步假傳王命，說父王已經到了彌留狀態，由於其他二位王子都不在身邊，事關緊急，便由部落裡德高望重的巫醫史達擔任見證人，找來幾個被收買的貴族階級，在父王的默許下，由瑪風臨危授命，先「代掌」政權，以待其他兩位兄弟凱旋回歸的時候，再一同商議王位繼承問題。

瑪風當然知道，瑪雷及瑪太此行必是九死無生，因此名義上的代掌政權，實質上等同自封為王。

莎卡蘭深知父親沙烏老師與瑪太必能化險為夷，想速速告之內部嚴峻情勢，以免他們一腳剛跳出殺人陷阱，險獲生機，又另一腳踩入下一道致命的危機裡，無法自拔。

於是莎卡蘭另外用計，穿上小公主瑪家的衣服，把自己改扮成瑪家，乘隙故意在逃跑時被隱約撞見身影，往北方急急奔去。

等護衛主力全部北上搜捕莎卡蘭時，瑪家再趁機化裝成平民百姓，沿著少為人知的王宮密道逃了出來。

瑪家躲躲藏藏，由於出身山林，也上過沙烏老師的課，一路上藉著山川地形隱密身形，好不容易捱到山腳下，正巧見到拉納魯大頭目大軍駐紮在這裡，得知瑪太他們不僅沒有受傷，而且又有得力猛將拉納魯大頭目前來助陣，十分高與，便留下來一起等他們救二哥瑪雷回來的好消息。

不過眾人在得知威猛王二王子瑪雷慘死的不幸遭遇，無不動容，都十分痛恨三王子瑪風竟然如此奸險，枉顧手足之情，為了爭奪王位，竟然害死親兄弟，一時同仇敵愾！

尤其小公主瑪家知道平日最疼她的二哥瑪雷慘死漢人手中，兇手竟是三哥瑪風時，恨得咬牙切齒，早就與三哥瑪風不甚友好的瑪家，心裡暗自發誓，只要她還有一口氣存在，一定不會放過三哥瑪風及巫醫史達兩人。

「你們等著瞧好了！」瑪家心中暗自恨恨地說。

「噢，瑪家，那瑪風目前兵力部署如何，妳了解任何相關的消息嗎？」

「啊！對了，沙烏老師，這是莎卡蘭姊姊親手交代瑪家交給你的敵軍佈兵圖，請過目。」

瑪家立刻從胸口內摸出一張草紙，簡畫幾筆，看似潦草，卻是自己與父親以及瑪太才看得懂的暗號，已經透露出十分重要的兵力分布情形。

根據佈兵圖顯示，瑪風將所有兵力大致分成三大層部署。

第一層部署，也就是主力部隊，分布在西邊的石門戰場前，皆是王朝內部最勇猛善戰的戰士級勇士；第二層部署，將剩餘兵力，分布在王朝本部「牡丹社」的後門位置，即東邊的「旭海社」方向，以拱顧大後方，防止敵人趁機從後方偷襲；第三層，也就是兵力最少的部分，是分布於牡丹社南方的唯一路途「高士佛社」上。

由於「高士佛社」正好是巫醫史達的親族本社，也屬排灣族中勇猛善戰的族群，勇士雖僅有數百人，卻可擋數千正規軍，加上王朝內部也有少許兵力支援，反而人數最多，兵力壯盛，也是個難以攻取的地方。

「此三方可攻之路，都置有重兵，武力強度不在話下。瑪太，你看如何因應呢？」

沙烏老師總是利用最適當機會，出最適當的問題考驗瑪太。

「老師，瑪太有幾點看法。我先說前提，我們想攻回牡丹社本部，除非身上長出翅膀，才能從北方南下攻取，否則只有西、南、東三路方向進擊。」

沙烏老師點了點頭，示意再說下去。

「好，我先分析西方攻入法，就是取道石門戰場。這石門戰場是牡丹社亙古以來賴以生存壯大的屏障，天然渾成，形成一道牢不可破的石門拱衛，前寬後窄，向外是寬的部位，形成一個河谷平原，以扇狀輻射出去；窄的部分向內，就是接近牡丹社這邊，通道細窄，僅容兩人並身而過，等於只要一夫當關，便能萬夫莫敵了，如今又置有王朝內最精悍的部隊防禦，不可正面強攻。」

「嗯，分析得有道理，再說下去。」

「第二種方法，是從南邊攻入。由於南邊有高士佛社阻滯，其乃巫醫史達親族大本營，也是他圖謀篡位的強力後援，更是南部排灣族數一數二的兇悍部落，因此在他們早有準備，加上又得到王朝的援兵支應，武力當屬第二強大，想強攻硬取，恐怕並非容易的事情。」

「嗯，分析得不錯，再說下去。」

「最後一種方法，是從東邊攻入，則是取道旭海社。旭海社雖是小社，表面上最有攻取機會，但實際上則不然。一則有第二大兵力支援，二則路程遙遠。如此對方只要以逸待勞，加上三哥瑪風在獲得情報後，又能迅速回防，想一舉攻破，恐怕曠日費時，難上加難。」

「嗯，鞭辟入理。所以你的結論呢？」

「據我猜測，三哥瑪風本是精明能幹之人，又善於權謀，加上有老奸巨猾的巫醫史達從旁協助，其最大用意，是形成一道密不可破的完全防護網，讓我們無法一舉攻入，再慢慢耗損我方戰力，以待我方戰士身心疲弱，自可一舉破之！所以對手打的是『持久戰法』，我方如果無法以速戰速決突破之，此戰必敗！」

「好，太好了，哈～哈～果然沒有辜負為師多年來的教導，真是太好了，哈～哈～……」

「沙烏老師，想不到五王子瑪太小小年紀，竟能與你對談兵法攻略，我拉納魯大頭目一生戰功無數，卻只有晾在一旁聽教的份，這一席話，真是讓我大開眼界，佩服不已，瑪太，果然好樣！」

「拉納魯大頭目，你先別急著吹捧瑪太。那老師最後再問你，想突破此次僵局，你有何高見？」

「這……瑪太才疏學淺，自忖權謀拚不過三哥瑪風，所以……所以無技可施，不過……」

「噢？不過如何……」

「先前老師不是特別交代拉納魯大頭目要多帶些炊煮工具，想必老師早有對付計謀了，對不對？」

「噢！炊具？哈～哈～……」

沙烏老師十分滿意瑪太方才的回答，雖然他仍然回答不出如何破敵的具體策略，但對一位十來歲的少年來說，這種分析事理的方法與能力，已經非常了不起了，而且他又留意到自己臨行前特別交代拉納魯大頭目的小細節，就是多帶一些炊具，看來這些道具，絕對不是留下來與對敵瑪風陣營進行持久戰時，用來升火煮飯，填飽肚腹這麼簡單的事吧！

「拉納魯大頭目，還記得我們的成名戰法——『百步蛇戰術』嗎？」

「啊！我想起來了，就是我們當年以寡擊眾，大破東部山地聯合部族的那一次戰役嗎？」

「嗯，看來你還記得很清楚呵！」

「對，對，那場戰役，我死也不會忘記。」

原來當初曾以少數的百餘人，力戰東部山地聯合大軍數千人，以一擋十，居然還能克敵制勝，最大的關鍵，絕非力敵，而是智取！

「百步蛇乃毒蛇中的王者之王，它攻擊對手時大多數會先纏住對方，再伺機給予致命的一擊！當然，勝負的訣竅就在這『纏』與『擊』的時間掌握，纏得太緊或太鬆，攻擊得太快或太慢，準度夠不夠，耐力持不持久，都是影響成敗的關鍵。縱觀百步蛇覓食鮮少失手，可見得某些動物與生俱來的特殊能力，也是值得我們人類效法的，所以我才發明了『百步蛇戰舞』，以激勵全軍士氣；『百步蛇戰術』，以擊垮比自己更強大的敵人。而你說的『炊具』，就是纏住敵人的功夫；至於攻擊的方式，自然就是拉納魯大頭目的精銳部族兵了！」

「噢，那老師打算如何攻略？」

「兵貴神速，這是千古不易的道理。由東方旭海社攻入這條路線可以排除。至於由西方攻入的是石門天險，牢不可破，除非有比對方更強大的兵力，否則只有自取滅亡，因此只宜用百步蛇的身子，以假象纏繞，而纏繞的方法，就是這些炊具！」

「噢！我明白了，老師的意思是，想讓對手誤以為我們無計可施，只能決戰於石門天險，因此以炊具的炊煙來誆騙住對方，顯示我方主力也駐紮在這裡，是為百步蛇戰術的『纏計』；再將主力部隊從南方奇襲而入，高士佛社戰士雖然勇猛，也敵不過我拉納魯大頭目的英勇戰士群，況且王朝與他們之間的默契還沒有真正建立，如果加上適時的流言分化，自能坐收漁翁之利，一舉殲滅之，是為百步蛇戰術的『致命一擊』！」

「哈~哈~……瑪太，老師的計謀只講到一半，後半部倒全給你看穿了。沒錯，只要將瑪風主力部隊滯留在石門戰場上，我方以奇襲加上流言分化對方，便可迅速攻入牡丹社本部，王朝雖然還有少許戰力留守，不過由於戰事變化太快，對手等於來不及反應，就要直接束手就擒了！」

大事計定，沙烏老師只留下少數人馬留守石門戰場，每餐敲鑼擊鼓，炊煙煮食，卻始終不前來應戰，主力部隊早已開拔挺進，朝南方準備以百步蛇利牙之姿，狠狠給對手致命的一擊！

急行軍，急行如風，滿山壯樹高草，在急風中搖曳翻騰，時而驚起數隻底棲飛鳥，振翅高飛；時而驚走數隻低伏走獸，望風披靡。

就在這種風聲鶴唳，草木皆兵的緊張時刻，一大隊人馬匆匆潛行，步履交錯，身影幽渺，急速的行進間，卻聲息似無，恍若未聞，由沙烏老師親自帶領的人馬，就好像一群來自地獄的勾魂使者。

這群勇士人人短衣短褲，行動便給，腰束帶，配彎刀，身手俐落，尤其頭上都繫上一條布滿百步蛇圖紋的頭巾，在風中飛舞，彷彿一條條的百步蛇，正以昂首利牙之姿，迎戰力量與身形皆比自己強上數倍的兇猛敵人。

人影虛晃，腳步雜沓，一行敢死隊員翻山越嶺，有路走路，沒路自闢，朝也是排灣一族以強悍著稱的巫醫史達大本營——「高士佛社」而來。

眾人欺近部落山門口，只見防衛森嚴，數十名勇悍戰士全副武裝，輪流戍守山寨大門，這條進入部落的唯一道路。

沙烏老師立刻派遣密探爬上高樹眺望，卻發現「外張內弛」的特異現象！

原來對方托大，認為瑪太必定不敢來犯；如果出人意料的來犯，也會被山門前森嚴的防禦網嚇跑！至於內部營寨嘛，就不用費太多功夫準備了，所以部落內居民生活一如往常。

這個致命的弱點，全給沙烏老師的慧眼輕易識破！

就在窺探敵方軍情的同時，瑪太心中依然迷惘……

為什麼人類解決事情的方法，非得以軍事手段行之呢？

難道「戰爭」是我們唯一的選擇嗎？

如果大家都能採用「和平」的手段解決紛爭，那是不是就不用開戰，不會民不聊生了呢？

一連串的問題，佔據瑪太充滿迷惘的心田，苦思不解，正好利用機會，瑪太便問起老師來。

「老師，人類為什麼要發動戰爭，以殺戮取代和平，以暴力取代理性，來解決事情的爭端呢？」

「瑪太，戰爭發生的原因很多，但歸納起來，不外乎兩大範疇。第一是『天災』引起的，直接導致百姓住所流離，食物短缺等等現象。在此等情況下，人們往往曲意妄自解釋，說是人類惹火了天神，才招來不幸的災禍降臨，為了求生存，便強欺弱，眾暴寡，回復到動物的原始本性。當然，一切以暴力做為解決事情的藉口，都應該受到嚴正的譴責，即使以『求生存』為最美麗堂皇的理由，仍然是不懂上天的旨意。須知人類之所以異於禽獸，完全出自於我們擁有良知，知道『互利』才能生存，明白『共享』才能壯大，倘若因為天災發生，良知再度泯滅，回到動物界層次，那就沒有資格當人了！」

「其實上天對待宇宙萬物，是沒有偏私心的，是一視同仁的，就好像自己的母親，即使子女長得再醜，也不會嫌棄他的。所以當天災發生之時，絕對不是天神發怒，也不是祖靈降禍，而是不可預期的劫數，大家更必須胼手胝足，共度難關。只要仍能保有良知的人，就能受到天神最後的眷顧；否則退回動物習性，以殺戮為業，換取短促生命的再延續，無疑將是大開地獄之門，自取滅亡之徑啊！」

「那請教老師引發戰爭的第二種情形是什麼？」

「第二種情況是『人禍』引起的。由於人類的欲望像個無底洞，是永遠填不滿，補不盡的，很可悲的，大部分戰爭的起因，往往都是人類的私心作祟產生的，爭奪他人財貨，強占他人土地，掠奪他人妻女，甚至妄想成為天下至尊，一統江山，說穿了，都是自己的私欲心作祟啊！」

「老師，我已經大略知道戰爭的起因，那我們又該如何防止戰爭呢？」

「就天災來說，誠如前面所言，只要大家共體時艱，通力合作，上天也會垂憐的，終必能化險為夷。至於人禍，只要大家懂得『珍惜』，以『非暴力』的手段來解決問題，也能消弭戰端，重現和平契機。」

「老師，您所說的『珍惜』，是該珍惜什麼呢？而您所指的『非暴力』，又是什麼意思呢？」

「珍惜一切所有，包括個人、群體、大自然、物質或感情……等等，也就是對天、對地、對人，都要時時懷有感恩的心，時時去感恩於上天，感恩於萬物，感恩於別人，想像自己就像大海中的一滴水，你就像其他千千萬萬的水滴一樣，都是大海的一部分，你也是茫茫人海裡的一員，與大家具有同等的權利和義務，而沒有比較特別，就像大海中的那一滴水一樣，它會自認為比別滴水還要特殊，還要優秀嗎？人之所以會認為自己獨特於別人，或高貴於別人，就是產生了分別心，曲解了萬物平等，相互尊重的道理，也就悖離宇宙真理愈來愈遠了。」

「如果能時常做如此觀想，了解我們身上的所有東西，包括外在的物質與自身的肉體，都是上天的賜與，都是別人的禮物，自然常存感恩心，自然能珍惜一切所有，自然就不會有暴力行徑發生，對人、對事、對物，都心存慈悲心、關懷心、同情心，這就是『非暴力』了，只要大家都能以『非暴力』為爭端的考慮起點，世界自然就沒有戰爭了！」

「老師，那像我們雖有慈悲之心，也想以非暴力解決事情，但是如果對方始終無理取鬧，硬是要消滅我們，置我們於死地，我們又該如何因應呢？」

「好，這個問題問得好。這就是迫不得已，被迫採取的『自衛之戰』。沒錯，如果我方存有絕對善意，而對方卻蠻橫無理，那我們為了求生存，只有採取自衛行動，被迫還擊了，總不能自綁手腳，任人欺凌宰割呢！不過，在進行保衛戰之前，最好先多方試探對方誠意，許多戰爭都是因為彼此誤解而產生的，如果能探出對方本無趕盡殺絕的意思，紛爭自然化解有望；如果對方執意一錯再錯，那我方迫不得已，只好全力還擊。只要我們心存非主動挑起暴力之意，時時以喪禮的心態面對無法避免的爭戰，視殺人為凶禍，就不會樂於殺人；視兵器為凶器，就不會恣意使用。時時保有警戒之心，便能在所有戰鬥中，得到上天的庇佑，即使不幸戰死，也屬聖戰之魂，英勇之魄，是可以上天堂，與善良祖靈歡樂同在，永生不滅。倘若也以暴制暴，那後來的行徑等同敵方，也只是打開地獄罪惡淵藪之門，自己踏入毀滅自己的陷阱裡罷了！」

隨著與沙烏老師深入淺出的對談，瑪太終於對戰爭有了另一層面的認識。

當戰爭無法避免時，勝利的一方，絕對是屬於正義這邊的，哪怕暫時的挫敗，最後手捧勝利的果實，是遲早的事了！

瑪太對戰爭已經不再迷惘，準備為這場神聖的正義之戰，揮舞堅定必勝的英勇旗幟。

「拉納魯大頭目，你遣五十名手下，由左邊山嶺潛進待命；瑪太，你也遣五十名手下，由右邊山嶺逼近待命。各自就位後，皆以雲豹的叫聲為號，如果看到我方炊煙升起，戰鼓急催，便趁機攻入部落裡面，千萬記得，『擒賊先擒王』，一百人同時迅速往大頭目住所閃電突襲，務必在最短時間內逮到大頭目，這樣便能輕易破敵。」

「是，沙烏老師！」

拉納魯大頭目及瑪太領命，各率五十名精銳，分別由左右兩邊山嶺包抄，各個低伏潛進，身形十分隱密，如同石虎逼近獵物一般，無聲無息，但突擊而出的時候，快捷如電，獵物自是手到擒來。

不一會兒，已經各就定位，並且發出雲豹嚎叫信號，肅殺之氣一觸即發！

沙烏老師這邊，一聽左右兩方雲豹聲起，顯然都已經待命完畢，立刻生起炊煙，催動戰鼓，一時震天撼地，翻江倒海，嚇得看門勇士陣腳大亂，以為敵方有千軍萬馬來攻，立刻縮成一團，想聯合禦敵，正想回報內營，但內部早有百名拉納魯大頭目的射麻勇士侵入，形勢更亂，只看到大家東奔西跑，叫喊聲連天，卻不知道究竟發生什麼事？

這百名射麻勇士，也不對零星的抵擋追擊，全數如浪濤般湧向大頭目家裡，行進間強抓幾名衛兵問話以後，不一會兒工夫，便逮住了平日以勇悍凶猛聞名，今日卻還搞不清楚狀況，一頭霧水落入敵手的——舒有大頭目！

大頭目一就逮，高士佛社立刻群龍無首，部落勇士群不戰自降，山門口並無戰事發生，沙烏老師不費吹灰之力，閃電般攻下前哨站高士佛部落。

沙烏老師為避免人心浮動，發生擦槍走火的意外事件，立刻糾集高士佛部落統領階級，進行心理撫慰及政策性訓話。

「諸位高士佛社的勇士們，我是威猛王特請為五王子瑪太教導的老師沙烏，威猛王已經將王位於前幾日傳給五王子瑪太，瑪太新王，請將威瑪王朝代表信物取出來吧！」

瑪太立刻抽出王朝的王者信物──「百步蛇匕首」，所有高士佛部落統領階級眼光一對焦，認出的確是王朝統治者信物，立刻一片譁然，不約而同紛紛雙膝跪下，拜倒在地上，迎接這位真正的威瑪王朝繼承者！

沙烏老師見狀，知道時機成熟，再次侃侃而談。

「巫醫史達聳恿威猛王三王子瑪風篡位謀反，枉顧父子之情與兄弟之義，天地不容，祖靈發怒，才惹出這場原本就不該發生的爭戰，諸位不知者無罪，快快請起。」

「謝沙烏老師，謝瑪太新王！」

「好，諸位有所不知，三王子瑪風已經將重病的威猛王強逼退位，並用借刀殺人之計對付親兄弟瑪雷及瑪太。二王子瑪雷不幸已經慘死在北方不知情的漢人手裡。五王子瑪太承天應命，化險為夷，並收服了南方射麻部落『拉納魯大頭目』為親信，拉納魯大頭目，你是否真心效忠於瑪太王呢？」

「沙烏老師，我拉納魯大頭目拿性命當賭注，願意當著祖靈的面，誓死效忠威瑪王朝的正位統治者——瑪太王！」

「啊！拉納魯你……你也投靠五王子，哦，不，是新王瑪太，我……我舒有太慚愧了，被叔叔巫醫史達欺騙愚弄，差點做出傷害瑪太新王的蠢事，落入謀反叛亂的大惡名，真是罪該萬死，我舒有現在也對祖靈發誓，高士佛一族，也誓死效忠瑪太新王，瑪太王是我們威瑪王朝的新任統治者，瑪太王是我們高士佛社唯一承認的新王，我們全族誓死效忠瑪太王，瑪太王、瑪太王、瑪太王……」

「瑪太王、瑪太王、瑪太王……」

一時高士佛社群情激憤，舒有大頭目本來就是威猛王一手提拔的親信，誤信叔叔巫醫史達的不當讒言，以為三王子瑪風才是正統繼位者，而是年齡較小的五王子瑪太想造反篡位！

舒有大頭目親眼見到沙烏老師、拉納魯大頭目及瑪太新王等人，皆氣宇軒昂，正義凜然之士，一時激動莫名，涕淚縱橫，趴伏在地上，深悔自己一時不察差點鑄下難以彌補的大錯。

瑪太親手將舒有大頭目扶起來，並未怪罪於他，於是高士佛部落也加入了瑪太的聖戰行列，為王朝正統承續奮戰到底！

「舒有大頭目，你戴罪立功的機會來了！」

「啊？沙烏老師，真的嗎？請您儘管吩咐，就算赴湯蹈火，上刀山，入劍林，我舒有眉頭絕不輕皺一下，萬死不辭！」

「哈～哈～用不著這麼誇張，其實做法很簡單，只要你騙來被指派支援你們的瑪風手下，讓我們一併就逮，就算大功一件了！」

「噢，哈～哈～這太簡單了，沙烏老師，算我舒有欠你一次大人情了。來人，傳我命令下去，請所有三王子瑪風手下支援人員前來，說五王子瑪太已經戰敗投降，舒有大頭目有請大家前來慶功聚餐，這樣就不怕你不來，只怕你來了回不去了，哈～哈～快去！」

「是，大頭目！」

很快地，舒有大頭目略施小計，騙來所有王朝前來支援的人馬，一舉就擒。

眾人見大伙兒都已經心悅誠服地歸順真正的新王瑪太，也都棄暗投明，加入瑪太的聖戰行列，這對原本戰力薄弱，人馬稀少的瑪太一方，立即戰力大增，加上對手深識王朝實際分派列兵路線，所以瑪太大隊人馬直趨牡丹本社，即王朝座落位址，如猛浪拍岸般大肆進發！

陰險狡詐的瑪風以及老奸巨猾的巫醫史達，做夢也想不到，瑪太主力部隊，竟敢直搗王朝內部，相對之下，是目前勢力最薄弱的王朝本部！

沒有太大的抵抗，留守本部的巫醫史達勢力頃刻遭滅！

瑪太等人順利救出父王，卻不見瑪風及莎卡蘭人影！

一問之下，瑪風已在稱王的時候，便冊封莎卡蘭為王后，如今親自督師石門戰場，是想讓隨身的莎卡蘭見到自己打敗瑪太的威風神態，讓她對瑪太澈底死心，以便日後完全歸屬自己一人所有。

但人算不如天算，他又哪知敵方每餐的炊煙裊裊，戰鼓陣陣催逼，全都是騙人的幌子而已！

「咦？奇怪！瑪太的大軍人數雖然不多，但射麻部落一向好戰成性，怎麼這次對陣石門戰場，都只是虛張聲勢，沒有實打實戰呢！」

瑪風內心開始存疑，但為免落入沙烏老師的陷阱裡，只採守衛姿態，等待對手來攻，並不主動出面進擊。

只是隨著時間的一一流逝，疑惑心更為濃烈，心中不斷盤算，決定小試一番！

瑪風立刻派遣兩小隊人馬，各有百名，朝山下兩翼方向，以迅雷不及掩耳的速度進逼！

大伙兒都害怕深不可測的沙烏老師，會出奇招險式，甚至恐怖巫術，這也是沙烏老師早就埋下的伏筆，利用山地人迷信的心理，來塑造自己深不可測的形象，今天終於派上用場，因此瑪風派出去的人馬，都只敢走外圍，繞圈圈，不敢冒然直進強攻。

又拖了一陣子，發現對方不僅沒有出面迎擊，反而朝後就退，沒入隱密的山林裡！

瑪風為避免中了對方誘敵深入之計，也看出大軍的顧忌，後悔平日沒有早一些戳破沙烏老師的神聖形象，立刻下令停止進擊，悵然退了回來。

一連多次試探，結果都是一樣，正煩惱間，猝然有探子來報，後方本部牡丹社已經被攻陷了，王朝大部分子民都歸降瑪太陣營，瑪風一驚非同小可！

自詡聰明絕頂的瑪風，做夢也想不到，對方竟能突破自己巧設多時的完美防衛網，又如此迅速攻入後方本部大本營，讓他措手不及！

瑪風驚慌之餘，立刻按下焦躁不安的心，反應迅速而且敏捷的他，借力使力，火速傳令下去，接走新王后，即莎卡蘭，再兵分十小隊，朝山下分散衝了下來，如驚爆的多道燦爛煙火，用以擾亂敵人目光，他心裡已經明白過來，沙烏老師的主力部隊既然已經攻入本部的大後方，前方的兵力必然不足，只要分散敵人耳目先行突圍，日後再作反攻打算。

於是火速率最精銳的王朝部隊衝下山去，離開石門戰場，這原本應該刮起腥風血雨的地方，現在依然風平浪靜，毫無肅殺之氣。

果不其然，十隊以前五隊開路，緊跟在後的，是兩邊各一隊護衛，自己則率三小隊為主力，進行突圍任務，立刻朝山下數百名的敵軍攻擊過來。

沙烏老師早算準瑪風必定走前門逃亡，也置下少部分精銳部隊，以防其趁亂走脫。瑪風也不是省油之燈，前五隊立即與對手展開大廝殺，雙方你來我往，打得平分秋色，難分難解。

由於王朝精銳盡出，而沙烏老師這邊也是最強悍的射麻勇士，因此雙方不分勝負，戰事立刻陷入膠著！

瑪風見後方援軍已經到來，不敢戀戰，只一溜煙，就逃得無影無蹤了！

瑪太知道莎卡蘭還被挾持，雖然沒有立即性命危險，但仍然陷於虎穴，立刻調兵遣將從後方追擊，想用前後夾擊的戰術打敗瑪風，救回莎卡蘭。

哪知瑪風性猾如狐，一溜煙，竟然帶少數人逃跑了，看得瑪太只有乾瞪眼的份，心中暗自發誓：「莎卡蘭，你等著，我瑪太即使粉身碎骨，也會把你從黑暗的地獄深淵中救回來的，你要等我喔，莎卡蘭……」

瑪太朝群山萬壑大叫一聲「莎卡蘭」！敗走隊伍裡的莎卡蘭雖然處在逆風方向，卻好像聽到瑪太親切的呼喚聲，心如刀割，望向滿山飛逝的落葉，與雪白如浪的芒草海，繽紛而傷感，莎卡蘭心中也暗自發誓：「我莎卡蘭這輩子的男人，只屬於你瑪太一人，即使是自我了斷，也絕不敗壞名節，瑪太，你一定要來救我喔！」

心有靈犀一點通，瑪太和莎卡蘭這對璧人，看來結合之路還充滿崎嶇……

戰記進行曲二：石門山之戀

瑪太好不容易救回父王，平復王朝突發爆起的驚濤駭浪，本想回位父王，但稍稍恢復神智的父王，表明自己年邁多病，早有意傳位瑪太，只是突然引起瑪風妒忌，才惹出這段兄弟相殘的事端來！

威猛王即刻召開繼位大典，正式封五王子瑪太為威瑪王朝真正繼承者，並頒下正式命令，視三王子瑪風為王朝叛徒，全面加以通緝。

這位昔日威武英勇的萬民之王，南台灣霸主，親見傳位使命了結，心中已無罣礙，化身熊鷹，飛升上天，朝祖靈的國度回歸。

威瑪王朝不分男女老少，人人自發地穿著傳統披肩式喪服，向一代梟雄威猛王做最後告別。

由於王朝正值接班不穩定期，喪禮並未大肆鋪張，簡單而肅穆，僅由內部親族舉行，瑪太領銜主祭，哀戚之情溢於言表，見狀令人鼻酸。

而逃離石門戰場的瑪風陣營這邊，已覓得新靠山，卻反常地隆重擴大舉辦儀式，由叔叔巴杜拉大頭目負責治喪，瑪風代表主祭，頗有與瑪太互別苗頭的意思，順便對外宣示他才是正統接班人。

瑪太望著父王遺體悄然而逝，不敢相信這是事實，腦海裡始終盤旋著父王睿智健壯的身影，慈藹和善的笑容，久久無法散去，生與死，真的只有一線差距嗎？

「老師，『生』，總是讓人雀躍的，如大地回春，萬象更新，一片新綠；如嬰兒墜地，呱呱初啼，滿室喜氣。但『死』，總是讓人悲情的，如冬季枯寒，萬物死寂，一片慘澹；如氣止命殞，筋硬肉僵，滿載淒然。所以我們應該如何面對生與死，進而坦然處之呢？」

「瑪太，生死其實是相對的，就好像有美就有醜，有高就有低，有上就有下，有陰就有陽，有天就有地，你不能將他們分開來看，因為他們是一體的，是循環的，如果強行分開來看，就容易流於感情用事，牽動情愫，讓人有生歡死痛的不正確心結。須知非人而已，萬物亦然，有生有滅，有老有少，這是天地萬物循環的一部分啊！」

「又譬如四季，春天屬『生』，大地回春，萬物重生；夏天屬『長』，萬物欣欣向榮，競相成長茁壯；到了秋天，屬『壯』，也即到了成熟飽足，開花結果的收成期；最後冬天，屬『死』，生命燃燒到了盡頭，萬物枯寂，一片死亡景象。但隔年一到，春風吹起，大地又再度復甦重生，如此循環又到了開頭，連綿無窮，才能生生不息。因此生死是分不開的，是雙位一體的，有生，就注定要死，死亡又代表另一度重生，只是個人軀殼轉換罷了，這也是我們山地族認為萬物皆有靈，而靈是不生不滅的，只是形體、軀殼轉移而已。」

「所以綜觀以上論點，生有何歡，死又有何懼呢！只要我們把握住現實生命中的每一刻，就能創造永恆，生命的永恆不在肉體，而在精神與靈魂，比如你父王仙逝了，肉體雖朽，精神卻永存於你我以及他的千萬子民心中，而靈魂又回到了祖靈的歡樂國度裡，我們不是應該為他高興，怎麼還淒淒切切，悲傷不已呢？如果被你父王看見了，不會搖頭浩歎吾等愚痴嗎？」

「噢，原來生死如此奧妙，從生到死，死而復生，循環不已，瑪太已經能粗略明白生死的健康觀點了，也能漸漸走出悲傷，勇敢地活下去，或許這才是父王樂於見到的呢！」

瑪太終於參悟到生與死的一些根本道理，對日後王朝的復興大業，將有不可磨滅的趨動力量。

瑪太逐漸脫胎換骨，像羽翼漸豐的小鳥，飛上青天指日可待；而瑪風，仍然沉淪不醒，繼續墮落黑暗深淵。

瑪風陣營，也不甘示弱，對外放出風聲，聲稱兄長健在，哪有小弟繼承大統的例子，必是父王年邁智昏，被沙烏老師等奸人所惑，才會傳位給年紀輕輕，涉世不深的少年瑪太，而不傳給理所當然繼承王位，目前年紀最大，資歷及智謀皆最高的三王子瑪風，王朝基業有遭受動本及瓦解的可能，人民即將再度流離失所，陷入萬劫不復的可怕困境。

瑪風打著「趨逐奸人，回位正統」的旗號，招來不少擁護者，特別是一些想趁王朝疲弱，分食一杯羹的投機政治家，所以聲勢也壯大不少，尤其在得到威猛王同父異母的兄弟「巴杜拉」大頭目的筏律社（位於屏東縣瑪家鄉北邊）全力協助下，這原本是王朝北方實力最強大，又是協助威猛王屏障北方，共創威瑪王朝盛世的兄弟支持，立刻形成兩大勢力，旗鼓相當的南北對峙局面。

探子來報，三哥瑪風為求叔叔巴杜拉大頭目鼎力相助，奪回王位，竟然將原欲強占為妻，強封為后的一代佳人莎卡蘭，有條件進獻給巴杜拉大頭目，言明只要助其成事，奪回王位，莎卡蘭就屬於巴杜拉大頭目一人所有。

巴杜拉大頭目初見莎卡蘭姑娘，乃當代一大絕世美女，穿著一襲人形紋圖騰貼布繡，用絲線將不同顏色的小型琉璃珠以「綴珠法」串接起來，在陽光下閃耀五彩光芒，將勻稱的身材襯托的更為曼妙。頭飾上的鷹羽與百合花，更顯示出貴族專有的高級身分。

自詡為英雄的他，英雄看美人，愈看愈順眼，看得他滿心歡喜，主動送上門的意外禮物，哪有不答應的道理！

於是火速召集部族內所有戰士勇兵，以瑪風為前鋒軍總指揮，自己的大隊護衛莎卡蘭殿後，準備在攻下威瑪王朝以後，由新王姪兒瑪風見證，正式與莎卡蘭結為夫妻。

巴杜拉大頭目老牛想吃嫩草，仗著人多勢眾，兵力壯盛，想助瑪風一臂之力。當然，叔姪各懷鬼胎，各謀其利。

巴杜拉大頭目命瑪風為前鋒軍統帥，以急行軍的方式開拔到石門戰場前方，想以迅雷不及掩耳的凌厲攻勢贏得初步勝利。

自己則親率中軍大隊，一群人浩浩蕩蕩，並無肅殺之氣，因為他目前最在意的不是瑪風的初戰勝利與否，而是該如何想辦法讓未來的美麗王后就範，乖乖嫁給他呢！

巴杜拉大頭目的中軍乍看之下不像打仗行列，反倒像迎娶隊伍，由兩頭壯牛拉的巨大車輦布滿了鮮花、琉璃珠與各式名貴飾品，百中選一的女侍分立兩旁，每一位都像是朵朵含苞待放的杜鵑花。

莎卡蘭則頭戴五色花冠，身穿色澤艷麗的刺繡衣裳，肩飾、胸飾、背飾與腕飾上，都綴以珠貝、羽毛、獸牙、豹皮等高級配件，樣樣都是巧奪天工的作品，把原本麗質天生的她裝扮得更為出色，彷彿雨後斜坐在彩虹上的美麗仙女。

看得巴杜拉大頭目忍不住掀開簾幕，風兒輕吹入簾，擾動莎卡蘭琉璃碎珠耳環在風中搖曳，發出噹噹的清脆聲，更加溫他發癢難耐的心，不自主想伸手去摸，莎卡蘭反射似地扭頭過去，不自主伸手去擋，「啪」的一聲正巧擊中巴杜拉大頭目的粗厚肥手，露出了纖纖玉手上的紋手，是由大地山川所組成的幾何圖案，忸怩的神情帶有三分羞澀與七分嬌矜，看得巴杜拉大頭目心花怒放，毫不在意手上紅腫的印記！

漢人李炎將軍也同時收到線報，指出威瑪王朝現在兄弟鬧內訌，發生鬩牆奪位之爭，加上北方威猛王的弟弟巴杜拉大頭目想幫三王子瑪風取回王朝政權，也在集結人馬，所以雙方隨時有大打出手的可能，戰事一觸即發！

一向視蕃民為賤民的李炎將軍，立刻嘴角微翹，臉現奸容，目露凶光，心中也在盤算，如何能在兩大勢力龍爭虎鬥以後，最好又是兩敗俱傷之下，為自己立下大功一件？

石門戰場風雲詭譎，山雨欲來，除了南北兩大軍團即將展開浴血大戰以外，又有漢人凶神惡煞李炎將軍的從旁覬覦，「螳螂捕蟬，黃雀在後」，可謂變化莫測，令人難以捉摸逆料。

巴杜拉大頭目憑著自身的威望，一呼萬應，附近所有部族都派壯丁勇士前來助陣，場面更是浩大空前。

瑪風也意氣風發，神采飛揚，並不因先前的失敗而懊惱，因為他知道，之前是自己不小心，才中了老狐狸沙烏老師的奸謀，如今有親叔叔巴杜拉大頭目力挺，大隊人馬助陣，小小的牡丹社，受了重創的威瑪王朝，不信奪不回來！

同時，瑪太接受了父王的傳位，也接受了人民的擁戴，更背負了威瑪王朝興衰與否的重責大任，如何將已受創傷的王朝重建，繼而發揚光大，年少的瑪太，肩頭上的重責大任，壓得他幾乎難以承受，還好有沙烏老師以及數位死心塌地的大頭目挺身來助，才讓瑪太稍稍寬心。

「老師，我方受創未平，如今北方部族又聯合來攻，聲勢大我數倍，況且根據情報顯示，漢人將軍李炎也有動作，準備伺機而動，享受漁翁之利，如此種種跡象對王朝來講，都是最嚴苛的挑戰，我方要如何審慎因應呢？」

「瑪太，將在謀而不在勇，兵在精而不在多，我方人員雖少，卻精勇神速，加上有天然渾成的石門天險阻擋，敵人想快速攻下，恐怕不是容易的事！而且行軍千里，糧草難補，我們可以先派人阻截對手運糧通道，讓他們僵陷在這裡，施展不出手腳，所以要打勝他們，也非難事。不過我最擔心的，並非敵我對戰的軍旅大事，而是另外兩件事？」

「哦？老師有兩件事擔心，瑪太愚鈍，只能猜出其中一件；至於另一件，就不得而知了！」

「好，瑪太，你說說看能夠猜到的是哪一件？」

「是，老師。瑪太猜想老師擔心的是漢人，當然，不是漢人不好對付，而是他們人數實在太多，恍若流蟻，源源不絕而來，今天打死十個，明天又來百個，所以不能硬拼，只能智取，是也不是？」

「嗯，哈～哈～很好，一點兒沒錯！其實想打敗漢人也非難事，但漢人比山地人多上千百倍，他們相繼來台後，也迫將原屬平地的平埔族群往山地裡遷徙，變為道地的山地人，可見人數之多，勢力之大，乃時勢所趨，潮流所使，非我等有限能力所能阻擋。而且漢人有專門研究戰事的兵書，都是千百年來互相爭戰所累積下來的智慧結晶，實非我山地一族擁有口傳歷史，最擅長以游擊式打法能比。因此從長遠的角度來看，與漢人的爭戰，絕對不能硬碰硬，必須因時、因勢，剛柔並濟，再利用他們的優缺點，『攻心為上，用兵為下』，才能克敵制勝，否則只是一味追求短暫勝利的快感，只會帶來未來冤冤相報的厄運啊，這對我部族的脈脈傳承，無疑是一大阻礙！」

「嗯，那老師的另一件擔心的事是什麼，能否見告瑪太呢？」

沙烏老師的眼光瞟了瞟瑪太，並未明說，聰明的瑪太，立刻警覺到，難道老師所擔心的會是「自己」嗎？

「老師，你是不是在擔心我還存有兄弟之情，危急或必要的時候，不敢對三哥瑪風下重殺手，而有性命之虞呢？」

「啊……命運弄人，誰能狠心下來對付自己的親兄弟呢？誰又能親手殺死背叛自己的至親骨肉呢？別說瑪太你不能，我看連老師自己也做不到。老師不是擔心你對瑪風下不了殺手，而是怕他利用你這種心理弱點，反過來加害於你。不過天命難違，老師知道，只要順天應民，上天絕對會垂憐於他的，哪怕真有凶禍慘事發生，最終也能化險為夷，這也是你平日宅心仁厚，才能得到父王賞識傳位，手下忠心擁戴，百姓樂於推舉為王的緣故呀！」

「是的，老師今天的話，瑪太必定謹記在心，凡事不感情用事，順應自然而行，是不是這樣，老師？」

「沒錯，如今我們能做的，也只有這些了，接下來，就等命運的最後審判吧！」

沙烏老師知道瑪太心中的痛，就是漸漸明白，原來美滿幸福的家庭，一夕變為以仇恨堆積的惡夢城堡，是多麼殘忍的事，這也是在帝王家成長必須經過的痛！

「老師，你放心，為了王朝子民，為了莎卡蘭，我瑪太哪怕只剩下最後一口氣，也會奮戰到底的！」

瑪太心知肚明，其實老師還有第三件事情掛懷，就是他的親生女兒莎卡蘭還陷落在敵陣裡，只是老師顯然信賴莎卡蘭必有自保能力，為了不讓他分神，刻意並未明講，而將全部精神用來襄助甫接新位的瑪太，令瑪太感激萬分。

就這樣，瑪太為了解救王朝子民免於遭受戰火蹂躪，為了拯救莎卡蘭於敵人的魔掌，毅然決然，接下了這把神聖的戰役之火！

風，無情的吹，吹在瑪太身上，他卻不覺得冷，因為令他感到不寒而慄的，不是風，而是人心，是人類永不滿足，貪得無饜的心。

威瑪王朝的新王瑪太，在沙烏老師和幾位重量級大頭目，還有附近忠心部落的鼎力相助下，不僅快速地恢復了昔日的繁榮秩序，軍容經過重整彙編，氣勢、戰力更是強大不少，與北方集各部落大軍如潮水般滾滾而來的驚人氣焰，已成水火均等之勢。

時序轉入春天，季轉氣移，森林好像被施了一層魔法，汰舊換新以後，換上了一身鮮麗的新衣裳。

四周景物一片青蔥蒼翠，百花齊放，爭妍獻媚，百草競長，爭綠出頭，樹木冒出新芽，飛鳥棲息新枝，蝴蝶穿梭花叢，蜜蜂忙採花蜜，宇宙萬物，似乎都從死寂的冬季裡甦醒過來，一下子變得熱絡，生趣盎然，而北方集結的大軍，也如春暖花開一般，準備齊當，蓄勢待發。

巴杜拉大頭目御駕親征，擔任大軍的主帥，由姪兒瑪風打頭陣，率領最精銳的前鋒部隊，以急行軍的方式，想一舉挺進石門戰場，迅速立下首件功勳。

瑪風心裡盤算，必須先想方設法誘敵出戰，同時阻斷威瑪王朝所有北方的補給來源，只要控制住牡丹社以北所有領地，那他們的糧食運補就會中斷，戰力自然就會落居下風。

山地人的命脈在山林野地裡，一旦被截斷，為求生存，只能向漢人求助，而當時蕃漢不兩立，形如水火，漢人怎麼可能輕易幫助山地人，只需稍加挑撥，就能讓他們陷入腹背受敵的絕境裡！

相對的，瑪太陣營察覺對手千里迢迢而來，糧運補給是最大的漏洞，只要設法讓它斷掉，就有不戰而勝的最佳本錢。

雙方都在打糧運的主意，當然，計畫最周詳，下手最快捷的，自然會是最後的贏家！

瑪風領軍二、三千人，氣勢如虹，紮髮綁腿，短衣短褲，行動便利，步伐快捷，如鬼似魅，低聲低息地穿梭在層層疊疊的山巒森林裡，效率十分高超，神速地往石門戰場進逼過來。

巴杜拉大頭目隨後，也領軍近萬人，化整為零，分批分任務支援而來，而且愈往南行，版面隨之擴張散大，務必吞盡所有能夠支援威瑪王朝新王瑪太的其他部族，轉為自己陣營效力。

巴杜拉大頭目甚至事先邀集北方部落，包括東部地區的山地部落，做出「不支援」，也「不參戰」的中立表態，才得以乘勢長驅直入，免除後顧之憂。

瑪太這邊獲得線報，說瑪風已經帶領巴杜拉最精銳的前鋒部隊，準備先攻下石門戰場，並由後師部隊截斷北方所有可能對王朝支援的糧草運補路線，一時戰雲密布，牽一髮而動全身。

「老師，我們想截斷對方的運補路線，對方也想阻斷我方的補給路線，如果被他們搶了先機，那如果雙方打成持久戰，我方除非向漢人求援，否則就大大不妙了！」

「瑪太，這點你放心，敵方雖然來勢洶洶，如猛浪豪雨，有全面阻斷我方糧運的企圖，但山地面積何其廣大，敵方人馬最多也近萬人，又要防範我方運糧，又想與我們進行殊死戰，在雙方勢均力敵的時候，對方已犯下嚴重錯誤而不自知。我們不用著急，只要派遣少數游擊散兵前往北方虛張聲勢，假意阻斷他們的運糧路線或突圍求援，讓他們出兵更多來加以防範，那正面交鋒的戰力自然下降不少。我們再一鼓作氣，擊垮對方的前鋒軍，敵方自然不戰自毀。最後我方再出兵數線征討，集中火力一一給予致命的衝擊。此戰要勝，自然大有機會！」

「哦，老師的意思，是先拖住對方的後援部隊，再集中全力擊破前鋒軍，讓敵方首尾遭受箝制與痛擊，中央主力等於癱瘓無用，就能瓦解敵方高昂的士氣，由我方收拾勝利的果實，是不是這樣？」

「對，就是如此。」

「不過老師，根據線報指出，瑪風所率領的前鋒軍，乃是全北方最精銳的部隊，共有二、三千人之多，一旦集結在石門戰場外，我方出入門口面前，恐怕不好對付！」

「沒錯，瑪太你考慮的一點兒沒錯，正由於對手精銳盡出，我方也必須還以最精銳之師，才不會初戰即敗，士氣大減。況且你初登新王寶座，雖然四方歸順，並無二心，但因久缺戰功加身，還是無法心悅誠服讓子民們誓死效命。唯今之計，就是我方也出最精銳之師，和對方做最猛烈的戰役，而且出征的主帥，一定要由你來擔任。當然，我們都會全力輔佐你，當你的左右手，只要首戰漂亮成功，你的王位寶座自然也能穩當不傾了！」

「嗯，我知道了，謝謝老師為瑪太做這麼巧妙的安排，瑪太真是感激不盡。」

「瑪太，現在還不是言謝的時候，橫在你我前方的，還有許多艱難險阻，等待我們一一去化解，就讓我們師徒準備一起出征吧！」

沙烏老師立刻請瑪太傳下命令，召來各部族首領大頭目，特別是已經擔任他得力左右手的拉納魯大頭目及舒有大頭目，這兩位排灣族中最勇猛、最慓悍的神聖戰士。

石門戰場，雙方精銳盡出，一場浴血大戰難以避免，陡峭壁立的垂直山崖，佇立一株折腰的雀榕，冷眼看盡人間事！

雙方大隊人馬對峙石門戰場，瑪風想趁未實際開戰之前，先來個心理喊話，以動搖對方軍心！

「瑪太，你身為父王最小兒子，論輩分、講能力，也都傳位不到你，你到底和沙烏老師用什麼詭計巫術，迷惑父王，竟然使他老人家被拐騙蒙蔽，想傳位給你，破壞繼位大統，又毀壞倫常綱紀，導致兄弟相殘，使王朝戰事禍起，這都是你一個人引起的，天地不容，祖靈發怒。瑪太，快快束手請降，我瑪風必會念在兄弟情分上，不但不會殺你，還會捨棄舊惡，保有你五王子的身分，你趕快回頭吧！」

瑪風惡人先告狀，竟然不說是自己為了爭權奪利，陷害骨肉至親，致使王朝蒙受戰事凶禍，惹得天怒人怨，想將所有罪責，全部推向瑪太一人身上！

「瑪風，我尊稱你一聲三哥，是因為你我本是同根生，就像榕樹一樣分枝散葉，不管父王傳位給誰，我瑪太頂天立地，從未爭過什麼。沙烏老師德高望重，也從不插手你我兄弟之事，或王位繼承問題。倒是你為了爭奪王位，竟然罔顧父子親情，逼父王退位，自立為王，又起淫邪之心，挾走莎卡蘭。如果你想好好對待她，我也無話可說，但你竟然狠心將她轉送給叔叔巴杜拉大頭目，以換取奪回王位的承諾，這些已經足夠泯滅人性了，最不可原諒的，你竟還不念兄弟之情，同時陷害二哥瑪雷及我，我所幸涉險未死，而二哥瑪雷，卻因你而殞命漢人之手，死狀淒慘，難道你都不該負點責任嗎？」

「瑪太，你沒聽過『逼虎傷人』這句話嗎？你要不是覬覦王位在先，我又怎會圖謀不軌在後，究其因果關係，不都是由你所引發的，難道你也不用負點責任嗎？」

「我……」

瑪太啞口無言，並非理屈，因為只要自己行為方正，又何須在意他人想法，只是他痛心三哥不僅抹黑自己，還將二哥被他用計害死的事，隻字不提！

心灰意冷之餘，也不想再多做無謂辯白，立刻抽出腰間威瑪王朝信物「百步蛇匕首」，並戴正「王者之冠」，在高地聲音傳播清晰處大聲呼籲。

「威瑪王朝傳位信物在此，前方所有戰士聽令，如果在『百步蛇匕首』面前亮出兵刃，等於背叛王朝，天地難容，人神共憤，正義之師必為捍衛王朝而血流成河，堆骨成山，現在投降，可免一死，我保證日後不再追究！」

瑪太話一說完，果然前方精悍的勇士們，各個面面相覷，不知所措，因為他們都是被三王子瑪風慫恿，前來討伐意圖謀反篡位的五王子瑪太，奉三王子為正統，如今對方五王子已經亮出王牌，這王朝獨一無二的信物，證明瑪太才是正統繼位者，那他們如果發動攻勢，豈不成了背叛王朝的人，必會受到祖靈的嚴酷詛咒，不得好死的，因此各個趑趄不前，信心大受動搖。

瑪風見狀，心中痛罵：「好個奸險的瑪太，道理講不過我，竟然直接亮出王牌，有一套！當然，這種雕蟲小技就想扳倒瑪風我，未免太瞧不起你三哥了！」

「眾將聽令，我父王在我離朝轉進北方的時候，已經昏迷不醒，想必瑪太一定用什麼不正當手段獲得『百步蛇匕首』，你們千萬別上當，大家不妨轉頭看看我這裡，我也有叔叔巴杜拉大頭目的信物在此，證明我才是真正被他所承認的正統王位繼承者！」

瑪風此刻拿出事先預備好的「王者之冠」戴上，與瑪太的王冠一模一樣，只是中間的太陽圖案底色不是旭日東昇的紅色，而是黑色，代表黑山豬霸位的繼承者，也隱含復仇之意。

瑪風又抽出一把腰際匕首，是一把在威瑪王朝裡分量僅次於「百步蛇匕首」的「黑山豬匕首」！

它就如同百步蛇匕首一般，刃面乃精鐵細鍛而成，上面也刻有一隻十分逼真的黑色山豬，正挺牙跺腳向自己眼前衝了過來，氣勢煞是嚇人！

握把是銅製的，刻鏤成一隻尖嘴、利牙、寬臀的精壯山豬，緊緊握在手上，彷彿成為叢林內的一方霸主，也是一把難得一見的傳承信物，由威猛王同父異母，也是幫其奪得天下的弟弟巴杜拉大頭目所擁有，如今暫授瑪風，這也是聰明絕頂，智高謀深的瑪風意料中的事了。

現場的所有將士面面相覷，又是一陣錯愕！

如今瑪風及瑪太兄弟兩人，各持有王朝的最高信物，也各自堅持自己才是王朝唯一的正統繼承人，這下可好，誰才是真正的繼承者，大家又該聽誰的，而不該聽誰的，才不會惹來祖靈的詛咒與責罰呢？

大伙兒茫立現場，面如死灰，無言以對，任憑猶帶寒意的春風襲面而來，冷的不是身體，而是心裡。

不過，當大隊人馬意見沒有交集的時候，昔日最簡單的解決事情方法，就是以武力高低取勝，也就是目前即將採取的對戰局面，只有最後戰勝的一方，才能證明確實是正統繼位者，就是暗中得到祖靈的保護，打敗惡靈的結果。

雙方都發覺再說無益，最後瑪風大聲說道：「瑪太，口說無憑，就讓『勝負』來決定誰才是威瑪王朝真正的繼承者吧！」

話一說完，瑪風信物一揮，立刻遣動大軍，朝石門天險漫天攻來，聲勢浩大，黑壓壓一片人潮，前仆後繼，左攻右打，一時震撼山河，風雲變色！

瑪風這邊攻勢凌厲，銳不可當；瑪太這邊，在沙烏老師的運籌帷幄下，依仗石門天險，水來土掩，兵來將擋，談笑用兵，一副老神在在，輕鬆自如模樣，看得瑪風心下暗叫不好！

瑪風眼觀四面，耳聽八方，發現這波大伙兒都有充分準備的攻勢，對方又倚賴天險相助，看來為免己方損兵折將而徒勞無功，只好強忍火氣，暫時收兵，立刻大喝一聲：「全軍暫退回防！」

話語一停，戰士們立刻如逃命般，紛亂不堪地退回原駐地。

瑪太見對方兵敗如山倒，一時信心大增，身旁傳令兵見新王喜形於色，立刻追問：「大王，要乘勝追擊嗎？」

「好，傳令下去，全力進擊！」

瑪太不假思索，想趁本方士氣猶巨的時候，一口氣攻滅瑪風陣營，挫一挫對方威風。在身旁的沙烏老師一聽到瑪太想要乘勝追擊，眉頭略皺，顯然心有顧忌，本想出言加以勸阻，但對戰時軍令如山，王令既出，豈能輕易收回，況且沙烏老師也想驗收一下瑪太近日的對戰實力，因此決定先按捺心性，靜觀其變。

瑪太手下一聽大王有令全力追擊，人人奮進，各個爭先，都想乘勝利之潮，立下大功一件，因此兵分多路，由瑪太親自率領，沙烏老師在旁協助，各部族猛將勇士蜂擁而出，朝退卻不前的瑪風陣營呼嘯殺來！

瑪風見對方兵出石門天險，正中下懷，立刻露出奸險笑意，心想瑪太還是太嫩，一下子就中了自己的「誘虎出山」計謀，老虎堅拒不出山林，哪能輕易束手就擒。

方才攻不入石門天險，早是意料中事，瑪風如今一計甫歇，二計又起，這便是作戰時有名的戰法「連環計」，既然對方踏入自己巧設的陷阱裡，注定此戰非得大敗不可！

瑪風果然是戰術奇才，早置下第二招誘敵之計，如今瑪太陣營全力攻來，瑪風也不敢怠慢，立刻呼動手下，列出迎敵陣勢，是自己巧思多年的心得戰術，稱為「三波連擊攻略法」。

第一波攻勢，由前排戰士擔任，立刻主動糾集排列完畢，手握大弓，飛箭而出，如雨絲般從天而降，化身為刺人身骨的箭雨，是為「飛箭如雨」。

瑪太奮勇當先，差點被流箭射中，手下慘遭箭雨吻身者不計其數，立刻哀號遍野，戰況逐漸處於下風……

瑪風看到第一波攻勢奏效，還差點射中對方主帥瑪太，心裡大嘆可惜！

但就在瑪太猶疑是否退兵的時候，突然對方瞬間又變化陣勢，第二波的連綿攻勢再度展開。

所有弓箭手立刻全數退下，繼而上陣的是飛矛手，各個手執長矛，紛紛用力飛擲過來，一時飛矛如潮，破空而來，一波接連一波，是為「飛矛如潮」。

當然，又是一陣陣中矛慘叫聲，此起彼落……

雖然前兩波「飛箭如雨」及「飛矛如潮」的攻勢傷人有限，但畢竟將瑪太陣營的士氣活生生射入谷底。

接下來才是重頭戲，飛矛隊立刻下台一鞠躬。

轉而上陣的，是第三波，也是最後一波的強力攻勢，由主力部隊擔任。人人手持彎刀，面露殺氣，凶騰騰，惡狠狠列隊直進衝殺過來，勢如驚焰，如風火燎原般逼來，遇者頃刻化成灰燼，是為「驚焰如風」！

瑪太大軍雖然各個勇猛如虎，但中了對方巧設的連環計，加上初次搬上抬面，瑪風稱之為「三波連擊攻略法」的對戰新法，連沙烏老師都來不及制止，一下子轉勝為敗，而且是由小勝轉變為大敗，岌岌可危！

瑪太一看情勢比人強，再對戰下去，恐怕巴杜拉大頭目大軍未到之前，己方就已經遭受毀滅惡運，立刻以充滿歉意的眼神望向潰不成軍的部隊，最後才眼落沙烏老師，沙烏老師知道瑪太的意思，也不想再耗戰下去，立刻傳令火速收兵！

不一會兒，瑪太陣營人員齊力退回石門天險，這道保命的防線。

瑪風陣營知道石門天險的厲害，也不敢妄加追擊，只在天險之外，大聲揶揄對手像縮頭烏龜，只會躲在殼內，不敢出來一決雌雄！

「老師，都是我不好，急功近利，只想逞一時之勇，連累了許多將士傷亡，也打落了自家人的士氣，請諸位將領及所有戰士，還有沙烏老師，原諒瑪太一時的魯莽，誤判軍情，導致我方大敗，瑪太願意自請處分，求老師及將領們降罪吧！」

「瑪太，你也不用太過自責，勝敗乃兵家常事，哪有出征全勝的可能，只要你能記取教訓，明辨得失，就能戰勝自己，邁向勝利之路！」

「噢，記取教訓，明辨得失，就能戰勝自己，邁向勝利之路。『記取教訓』，這個道理我明白；但是『明辨得失』？老師，瑪太有所不明，世間之事，不是得，就是失，勝之者得，敗之者失，道理不是很清楚，很簡單嗎？何須再特別明辨得失呢？」

「瑪太，我們處身的這個宇宙，其實是相對宇宙，一切都是相對應的，如上與下，高與低，美與醜，前與後，陰與陽，天與地，冷與熱，男與女……等等，而得與失也屬其中之一，事有得失，如果有所得，有所得必有所失；如果有所失，有所失必有所得，也是同時存在，一體兩面，所以老師斷定你此戰將『因小失而獲大得』。」

「噢！老師，您愈講瑪太愈迷糊了，這個相對的道理，老師以前曾經說過，瑪太也大致了解其中意涵，不過有得就有失，有失復有得，這不是很奇怪、很矛盾嗎？我以此戰為例，我方不幸慘敗，只有士氣低落，人心萎靡，傷亡多人，哀聲、嘆息聲連連，全都是負面的表徵，全都屬於『失』的範疇，瑪太實在看不出有何『得』的好處呢？瑪太實在愚鈍，請老師開示？」

「瑪太，事情不能只從一面，一個角度去看，老師也以這次戰役為例，做為剖析好了。或許如你如言，由於你稍微急功近利一點，才會在欠周詳配套措施下，乘勝追擊，反而遭受失敗的滋味，這是年輕人極易犯下的錯誤。我方確實受到莫大的打擊，這是『失』。不過經過此次戰役的洗禮，我想你也學會了『急行躁進』所可能導致的危機，日後絕不會在同一個地方跌倒兩次。如果我們把事情放大，時間加長，往後如果有攸關王朝生死存亡的大戰，我想你也絕不會輕易下判斷的，這就是『得』。不要著眼於目前的短勝或短敗，天下沒有必勝的將軍，只有堅持到最後的將軍，才是真正的勝利將軍。所以老師才會說你將『因小失而獲大得』，這下你應該明白其中意涵了吧！」

「嗯，原來只要站在不同面相看待事情，就有不同的結果產生，失敗而獲取寶貴經驗，也未嘗不是一件好事；而一直沉浸在短暫勝利的喜悅善果裡，不知再檢討、再改進，將導致日後永久失敗的傷痛惡果。所以有得就有失，有失復有得，老師，是不是這樣？」

「啊～哼～一點兒沒錯！」

「老師，那瑪太再問您，您剛才說我們所處的宇宙都是相對的，那就沒有絕對的東西存在這世界上嗎？」

「嗯，你的問題很好，這世界的確都是相對的，只有一件東西例外，也是唯一的絕對，亙古不變。它自宇宙創生之前就已存在至今，大千世界，千變萬化，繽紛絢爛，它也不改其衷；宇宙循環，周行不殆，規律單純而乏味，它也不改其意。它的存在，大到可以包括整個宇宙萬物；小到只是構成肉眼難見塵土的材料。它就存在每個人的身體裡（肉體世界），內心中（精神世界），也同樣存在其他動、植物身上，甚至無情生命世界的內部構成因子。舉凡天上流雲，空中清風，地上堅石，海裡浪花，也都離不開它。它是宇宙的創生者，維持者，也是毀滅者，是多位一體的，宇宙唯一的，有稱它為『上帝』，有人稱它為『主宰』，有人稱它為『至尊』，其實它就是唯一的絕對，唯一超越相對世界的唯一。」

「啊？它竟然有這麼玄妙！老師，它真正的身分到底是什麼呢？」

「瑪太，這是從古至今，所有先聖先賢花費畢生精力，可能還追尋不到解答的東西。其實它非常簡單，就是兩個字：『真理』，漢人道家思想稱它為『道』，佛家思想稱它為『佛』，而我們山地人，則稱它為『靈』。但不管如何，真理只有一個，而聖人用不同的名字稱呼它，其實它的原貌，就是一種超越無上的無上，超越至尊的至尊，是宇宙中唯一真實的東西。」

「噢，老師的意思是，宇宙中除了它以外，所有相對的東西，都是不真實的，都是虛幻的。」

「一點兒沒錯，所有相對的東西，都像夢幻泡影，都如潮中之波，水中之月，虛幻而不實，稍縱即逝，都是一種幻境，我是虛幻，你是虛幻，芸芸眾生都是虛幻，我們都是短暫有緣的結合體，一種如觸電般、如閃電般的短暫結合體，所以我們會說『活在當下』，就是只要把握住現實中的每一刻，那就是永恆了。珍惜短暫情緣，自在地活在世上，用『心』體會萬物，才是真正的體悟真理者，才是真正投身真理之海的悟道者，從此你的生命將不再泛起漣漪，心如磐石，沉穩堅定不移。」

「老師，真是太謝謝您了，瑪太小小年紀，竟然有幸聽聞真理之音，如妙音天籟，瑪太此心篤矣，再無罣礙橫梗於心，可以乘智慧之舟，泛流於真理之海了！」

瑪太頓覺沙烏老師所言，字字泛光，句句發亮，和煦如春日暖陽的眼神，充滿睿智而慈藹的光芒，彷彿身體放綻出陣陣柔和白光，像個大光球，涵融萬物，那種慈悲，那種喜悅，令瑪太也願意沉醉其中，心曠神怡，分享那份優遊自在的喜樂之光……

沙烏老師接著又說：「瑪太，我為你講過沙巴王的傳奇故事嗎？」

「老師，您說的沙巴王，是不是卑南族大頭目，傳說裡曾經差一點就統一福爾摩沙島（今之台灣），與我父王稱兄（沙巴王）道弟（威猛王）的傳奇王者之王呢？」

瑪太眼睛一亮，立刻忘了身為大軍統帥，露出只有少年才有的強烈渴望，將所有不愉快遠拋九霄雲外，好像變身成一隻池邊的翠鳥，靜靜等待老師說故事的大魚兒上鉤……

「沒錯，當時的沙巴王意氣風發，降服福爾摩沙島上所有高山族群，並讓平地的平埔族相繼稱臣，他畢生最大的心願，就是建立沙巴王國，一個完全由原住民統治的王朝，一個可以傳承百世的歡樂世界。不過天不從人願，就在諸羅（今之嘉義）關鍵一戰，不幸完全敗北，他也澈底了悟人生。這著名的『諸羅戰記』，只在少數原住民的部落裡口耳相傳……」

沙烏老師眼神篤定，遙望遠方，春回大地，高遠的雲層被風吹亂了秀髮，彷彿天神一般，以法力將傳說故事降臨凡塵，頃刻現場頓成栩栩如生的活戰場……

當時原住民與漢人兩集團大軍，對峙在諸羅平原上，戰事緊繃，一觸即發。

原住民各個面目猙獰，殺氣騰騰，全待沙巴王一聲令下，人人執刀爭先恐後，列伍散亂，不用任何防具護身，單憑血氣之勇，一味衝鋒陷陣，彷彿一群甫出閘門的猛虎野獸，準備將眼前獵物悉數撂倒，大嚼大啖一番！

漢人這邊則行伍齊整，人人戰甲護身，左手盾，右手矛，動作一致，軍威壯盛，是一群久經嚴格訓練的戰士。

兩軍一交鋒，立刻塵飛土揚，漢人大軍一看到原住民部族兵各個如鬼似魅，人人視死亡如無物，只進不退，朝自己蜂擁殺來，如豺狼虎豹，不自覺第一道防線士兵通通撤退了兩步！

陳永華國師居高臨下，站在馬車上督軍，著儒服，頭戴黑色峨冠，寬鬆直裰長袍，手執羽扇，一副迂腐學究模樣，讓人看不出竟然是軍隊的最高指揮官。

他手上的羽扇左擺右搖，掌旗官立刻依照指示舞動軍旗，連帶揮動大軍，漢軍以大盾牌迎了上去，右手矛緊夾腋下，伺機奪取對方性命。

不過戰事瞬息萬變，牽一髮而動全身，原住民勇士不畏生死的奮勇爭先，如入無人之境，確實讓他大開眼界，也大嘆弗如；但見微知著，前鋒軍被敵方威勢震懾住而倒退了「兩步」，陳永華國師眉頭一皺，心下暗叫不好！

果如陳永華國師所料，兩軍對陣，不只比實力，還要比氣勢，所謂「一鼓作氣，繼而衰，三而竭」，此次初逢對決，預估雙方實力應在伯仲之間，但中國地大物博，戰事頻仍，如果以游擊戰方式，自然以深居出林野地的原住民勝出；但如果以衝陣對戰，則漢民族自古所傳兵法都是千爭萬戰歷練過來的，當然經得起考驗，必然略勝一籌。

今日兩族初攻相逢對戰，漢人被原住民的勇猛行徑驚愕住，信心先失了一半，此戰不利！

果不其然，漢人的銅牆鐵壁，竟然擋不住原住民的穿牆斷壁刀！

原住民手持三尺長刀，刀刃直而利，尾端上翹，利於近身搏擊，漢人一旦防勢瓦解潰散，就成了待宰羔羊！

第一戰漢人前鋒潰不成軍，陳永華國師一見苗頭不對，為避免傷亡過重，得保存未來實力，以待下次再戰，於是下令掌旗官全部改採守勢，棄長矛而以雙手持盾護體，總算暫時穩住陣腳。

眼見大勢已去，又日薄西山，初戰鎩羽而歸！

一回到中軍大帳，漢人將官各個面如土色，全被原住民猶如地獄索命鬼的凌厲攻勢震飛了七魄，只剩三魂游絲。

陳永華國師不慌不忙步入議事軍帳，不僅面無難色，依然羽扇綸巾，彷彿初戰大敗一丁點兒也不足懼似的！

大伙兒見狀，靜待指示，心想國師必有對策。

「諸將莫慌，勝敗乃兵家常事。今日兩族對戰，初次交手，自然摸不著對方底細。如今戰事雖敗，策略隨機而轉，易經有云：『易窮則變，變則通，通則久。』本人料想對手必然因歡呼勝利而失掉戒心，明日會戰只需如此這般，定能反敗為勝。」

陳永華國師不愧有明一朝的政治兼軍事專家，竟然不因一時失敗而洩氣，反倒利用失敗經驗而謀取勝機！

翌日兩軍對峙，依然劍拔弩張，肅殺之氣熾烈。

原住民這邊氣勢如虹，人人奮進，各個爭先，恨不得一舉殲滅漢軍。

沙巴王高立統帥牛車之上，一臉欣然自喜，彷彿已然勝券在握。

一見漢軍並不因昨日之敗而退縮，隊伍依然整齊劃一，心想久聞漢人陳永華國師大名，今日一見，果真名不虛傳，但實力如何？恐怕今天就要見真章了。

兩軍再度交鋒，原住民依然憑藉蠻勇實力，奮勇搶先，打得漢軍如摧枯拉朽，潰不成軍，節節敗退！

此際原住民勇士人人渴望沙巴王一聲令下，好將漢人一舉消滅。

但是沙巴王乃沙場老將，見漢人不堪一擊，心下可喜，不過眉尾卻不自覺跳動一下，有種異樣的預兆！

心念一轉，或許是自己多慮了，此戰攸關王朝興起霸業，如果一戰成功，那台灣島將出現首位一統江山的本土王朝，自己也能名留青史，萬世受到膜拜。何況兩日連續對戰，漢人形同以卵擊石，顯然雙方實力相差懸殊。

沙巴王心想漢人可能虛有其表，不如趁機一次鏟除，以絕後患，於是下令全員疾速追擊！

漢軍且戰且走，來到一處山坳，四周群山環抱，美景如畫，原住民大軍逕自攻入大半，卻發現漢人竟然像變魔術一般，全數憑空消失在空氣裡！

沙巴王正率領中軍主力部隊尾隨在後，看見一路上山勢愈來愈詭奇，心下暗叫不好！

驚覺前方一處山坳處，是設下埋伏的最佳地點，立刻大喊：「中計了，全員撤退！」

但行軍如流水，豈可喊停就停，加上原住民人人驍勇善戰，只進不退，眼下反而成了致命傷。

突然兩側山上木、石齊落，接著飛箭如雨，火光乍現，爆炸聲不絕於耳，原住民勇士們沒見過這等震撼場面，各個嚇得魂飛魄散，爭相衝出山坳處，卻被陳永華國師親率的精銳部隊正面截擊，誅殺過半。

待沙巴王退出山坳谷地後，部族大軍僅剩十分之三。

沙巴王淚眼親見所率部族勇士一個個倒地不起，徒嘆天意如此，時不我予，一心只想身殉沙場，以相陪部下亡靈謝罪，但被身邊護身勇士強制駕離現場！

沙巴王大夢初醒，知道對方並不好惹，太過輕敵差點全軍覆沒，收拾起輕蔑之心，不愧一方霸主，短時間又增補勇士，很快兩方人馬又成了五五波均勢！

接下來的大戰，一來一往，雙方各有勝場。

陳永華國師兵陣勝出，陣伍變化多端，一會兒旌旗蔽天，一會兒昏天暗地，一會兒宛如走迷宮，耍得原住民勇士團團轉。

沙巴王則不按牌理出牌，難以捉摸，甚至出動甫發明的詭異「藤牌兵」！

漢人盾牌厚重，著重守勢，但靈活度不足，易守難攻；原住民藤牌小巧靈動，又堅韌無比，配合短刀出擊，攻守自如，殺得漢人毫無招架之力，要非陳永華國師戰陣穩重，早被突破缺口，一敗塗地！

雙方再度僵持不下，這下卻苦了補給糧草不利的漢軍。

由於運補困難，陳永華國師已經三個多月收不到一絲軍糧及武器補給，漢軍疲態漸露，相對於原住民以山林河海為糧倉，取之不盡，用之不竭，形勢又有轉變！

陳永華國師見久攻不下，補給線又中斷許久，不利久戰，於是兵行險招，非出「奇謀」不足以獲勝，便佯裝積勞成疾而病故身亡！

死訊傳到山地陣營，待沙巴王確認再三，立刻決定發動奇襲！

沙巴王親率部族精銳勇士攻入漢軍中帳，卻不見一人，以為漢軍皆已撤離，正想悼念可敬的對手陳永華國師，突然槍聲大作，砲聲隆隆，原來陳永華國師引其入甕，再用甫得自荷蘭人的洋槍大砲對付沙巴王！

沙巴王身受槍傷，本可突圍離開，突然見到陳永華國師假靈堂上的一本漢書，名為「老子」，略懂漢字的他看到只有短短五千餘言，想一口氣讀完，駐足不前，視槍砲聲如無物。

細讀之下，卻發覺字字艱澀難懂，又句句寓意深遠，正尋思解答，竟然忘了時間，也忘了受傷的事，等他看到「小國寡民」、「治大國若烹小鮮」、「兵者不祥之器，非君子之器，不得已而用之，恬淡為上」等句，高興地大叫一聲：「我開悟了！」卻因貪讀過久而失血過多，暈倒現場被俘！

陳永華國師獲悉，立刻請軍醫為他療傷，不僅沒有殺他，反而佩服起他因貪看「老子」而被俘虜，顯見求知欲之強，日後必為後世傳為美談。

又看到沙巴王相貌堂堂，大有君王之相，更待之如上賓。

開悟後的沙巴王心如止水，儼然成為一方智者，對被俘一事毫不在乎，早已看破生死，了悟人生。

陳永華國師也明言他奉鄭經王之命，有明一朝希望「以和止戰」，並不想消滅原住民，只是想與這群山林守護者和平共處。

沙巴王知道雙方戰爭常因小事而引起，星星之火足以燎原，完全導因於對彼此不夠了解，於是下定決心要放棄以前汲汲營營，綁住自己的王朝大夢，一生為致力原、漢二族相互了解而努力！

沙烏老師講得口沫橫飛，彷彿親臨現場；瑪太也聽得津津有味，十分感念沙烏老師的苦心教導，同時也增加了不少自信心。

言談完畢，送老師離開後，忽然心中浮現一書，就是那本老師案桌上的漢書「老子」，常見老師一人暗自朗誦，心中若有所思，似乎同沙巴王一樣，也對它非常有興趣！

同日夜晚，戰情仍然緊繃……

「老師，我得承認三哥瑪風果然有一套，竟巧設計謀，將我實力最堅強的鋼鐵勁旅打敗，雖然判斷錯誤在我，但他的奇巧戰術，仍有許多可供學習的地方。」

「沒錯，瑪太，你三哥瑪風確實是位不可多得的將才，攻守謀略，指揮調度，都難不倒他，如果能走上正途，肯盡心竭力為王朝效命，王朝成就絕不止於此，只可惜誤入歧途，良心為惡靈所惑，終將自取滅亡啊！」

「老師，那麼我們下一步怎麼做呢？」

「很簡單，瑪風的算盤，打得是等援軍一到，再一鼓作氣，乘著這次勝利的鋒芒，採取人海戰術，到時候石門天險的功用就大打折扣了，很有可能被強行攻破！所以我們須趁後援軍，即巴杜拉大頭目大軍未至之前，先反擊瑪風先鋒軍，給對方一次重大打擊，那麼只要他們士氣一低落，主動權便重歸我方所有，此戰就大有可為！」

「喔，老師要打『突擊戰略』！」

「沒錯，趁他們還沒有休息完畢，還沉浸在勝利的喜悅當中，我方以完全精神之師對之，下一戰應可追回顏面。」

於是，沙烏老師想趁瑪風回防之師喘息未定，列陣未妥之前，來一次「黑夜大突擊」！

瑪太陣營決定趁巴杜拉大頭目援軍未至之前主動出擊，給瑪風所帶領的前鋒軍，施以力度、強度最大的打擊。

還不等對方再度來攻，瑪太沉穩心性，親自領軍，旁有沙烏老師當軍事參謀，左右軍分別是拉納魯大頭目和舒有大頭目兩員猛將，氣勢恢宏，在凌厲的戰鼓催逼下，這支跳過「百步蛇戰舞」的勇士們，再次以傲岸雄偉之姿，視死如歸，趁黑夜之時，開赴戰場，準備一較高下。

主帥瑪太一聲喝下，兵出石門天險，分三路朝瑪風陣營圍殺過來。

頃刻步履雜沓，人員喧騰，大軍一衝而下，殺氣頓時遍野開展！

這夜月暗星稀，冷風輕拂，雖然時節已邁入初春，深夜空氣依然清冷，四周景物依然暗淡。

乘著夜色，有三隊人馬，在大地上飛馳縱走，從微亮的星空下俯瞰，彷彿三條巨龍，朝瑪風軍營一鼓作氣，張巨口狠狠咬噬過來！

瑪風戍守衛兵一發現，立刻大叫：「有人襲營了！」

由於對手速度實在太快，又是摸黑而來，使得早有準備的瑪風陣營，同樣措手不及，一時殺伐聲起，雙方再度進入混戰場面！

黑夜中，淒美的夜色清涼如水，但籠罩些許的朦朧薄霧，山區的天氣本是多變，陰晴不定，地面的人影更是多變，交相錯雜，一時難分難解。

不一會兒，天色微明，東方現出魚肚白，遠方山形輪廓漸明。

沙烏老師作戰經驗豐富，算準今天的日出時間大約晚了一刻鐘，所以決定在破曉前兩刻鐘發動奇襲！

人們總以為即將天亮，又發現一夜無事，戒備自然降到最低點，等突然被迫進入戰鬥狀況以後，又遲遲盼不到天明，自有不少人會以為是祖靈生氣了，降下大禍，那己方必是惡靈支應的一方，軍心不攻自散，因此瑪風所帶領最強悍的前鋒軍，竟然經不起這致命的一擊，立刻瓦解消散！

瑪風見情況一敗塗地，已難挽回，雙方同樣屬於排灣族善戰部落，怎麼對方打起仗來，好像有鬼神附身一樣，有進無退，神勇無比，與前次戰役截然不同，打得他們毫無招架能力，節節敗退。

瑪風一人難敵數人，為了保住性命，棄師逃命，慌不擇路，往山徑裡直鑽！

瑪風發覺天色漸漸明朗，仍然心有餘悸，這沙烏老師果然名不虛傳，不知施了什麼妖術魔法，竟然只在短短三刻鐘內，就將他的精銳部隊打得落花流水，死傷慘重，還好自己聰明，反應夠快，發現苗頭不對，趕緊逃命要緊。

一路上摸黑前進，此際天色已經大明，才發現原來在不知不覺裡，竟逃到了小時候與兄弟們常來遊玩的老地方！

頓覺心中百感交集，但已迷失方向的他，仍然不知悔改，並沒有想起太多兒時趣事，反而怪罪瑪太，害他失魂落魄到這種地步。

突然，遠處有一條黑影緩緩逼近，遮住了微明的晨光，現出模糊的身影！

瑪風以為追兵趕來，才剛想跳入草叢裡遁走，卻發覺對方已經發現了自己的行蹤。

他依判斷對手只有一人，身材也不魁梧，才驚魂略定，手按貼身匕首，全神戒備，待在原地不動，以靜制動。

等對方迎面走來，近身一看，不是別人，正是自己的眼中釘、肉中刺，與自己爭奪王位的五弟瑪太！

「瑪風，你為什麼要害死二哥瑪雷，你明明知道漢人與我們有不共戴天之仇，卻故意通報漢人將軍李炎，讓他有時間設下死亡陷阱，二哥瑪雷全軍覆沒，還被砍頭掛在東門市場外的高柱上，你良心何安呢！」

瑪太一見面，二話不說，劈頭就痛斥三哥瑪風的彌天大罪！

「你要知錯能改，我還可以承認你是我三哥瑪風，我也會跟父王在天之靈說說好話。瑪風，你還記得這裡是我們六位兄弟姐妹小時候玩樂的場所嗎？我們總是在這裡捉蝴蝶，追蜻蜓，摘路邊的芒萁葉軸當口哨吹，爬野生芒果樹採又酸又甜的芒果吃。記得有一次我為了捉飛鼠，從朴樹上摔下來，還是瑪風哥你幫我包紮傷口的，難道這些你都忘記了嗎？三哥，你不要再執迷不悟了！」

「瑪太，你別假惺惺的，拿過去的事想騙我心軟，我說過，陷害你和瑪雷，都是你跟我搶王位所引起的，我承認我對不起二哥瑪雷，但是罪魁禍首是你，不是我！」

「難道王位真的這麼重要嗎？難道兄弟之情比不上它嗎？你要真心悔悟，這王位我寧可不要，你只要能保證日後善待我所有王朝子民，不要讓他們涉無謂之險，過快樂富足的生活，我就馬上將王位傳給你！」

「喔～瑪太，你說的全是真的？」

「沒錯，你也應該知道，瑪太從小到大，從來就沒有說過半句謊言，只要你現在對祖靈發誓，願意棄惡從善，並向父王及二哥誠心懺悔，這王位我馬上就交給你！」

「瑪太，這可是你說的，可別跟我玩陰的！」

「瑪風，你比我聰明，我小小的瑪太，能騙得了你嗎？玩得過你嗎？不信的話，我可以先對祖靈發下重誓，我瑪太前面所言，要有半句虛言假話，願祖靈立即懲罰，天打雷劈，不得好死！」

「好～好～我的好兄弟瑪太，三哥相信你！好，既然你願意摒棄前嫌，回傳王位給我，我瑪風也沒有第二句話可說，我現在也對天發誓，對祖靈承諾，對先前所犯下的種種錯誤行為懺悔，求祖靈原諒，也祈求父王及二哥瑪雷原諒，我瑪風日後如果稱王，必定善待親兄弟及王朝所有子民，決無二心；如果有惡念，天地不容，報應現臨！」

瑪太見證三哥瑪風誠心發下重誓，又表明將善待親兄弟及王朝子民，心中已無罣礙，心想這王位只是為人民服務的表徵，只要能為百姓造福謀利，誰坐，不都是一樣嗎？

他相信老師及其他人必會支持他的想法，因此二話不說，立刻鄭重端起「百步蛇匕首」，親手交付三哥瑪風。

瑪風眼見自己從小夢寐以求，千思百念都得不到手的王朝信物「百步蛇匕首」，今天幸運之神降臨，竟然由新王瑪太親傳，他感覺自己好像在做夢一樣，飛上雲端，全身舒暢，輕飄飄的，舒服極了！

瑪風也恭敬接過這威瑪王朝王位的象徵信物，立刻感到自己已經是一人高高在上，統領千萬子民的偉大國王了，不禁露出得意的笑容。

隨手抽出匕刃，閃耀在陽光下的，竟是如此美麗燦爛的光芒，好像同步在祝賀他，能夠成為一國之尊呢！

瑪風興奮莫名，正想插回匕刃，突然一股邪念如電光般又竄回心頭！

內心不禁疑惑起來，他回想先前做了這麼多罔顧父子與兄弟倫常的事情，瑪太年幼可欺，雖然願意原諒他，但他的手下，即沙烏老師和南方各大部族首領們，會如此輕易原諒他嗎？會不以異樣的眼光來看待他嗎？

原不原諒，並非瑪風擔心的重點，他唯一最掛意難安的，就是要是有朝一日，他們不支持他的時候，會不會又重新擁立瑪太出來當王呢？

瑪風再度沉淪，又受到惡靈的擺佈，將靈魂賣給了魔鬼，趁瑪太一時不注意，猝然近身朝瑪太以匕首狠狠刺來！

瑪太心想已經解下心中重擔，如今瑪風既然回頭，也該原諒於他，為他高興，想求他快些放回莎卡蘭，眼角餘光一瞥，突見光影直射入眼，瑪太一驚，反射地向後抽身一撤，竟然無巧不巧，正好避過這突來的一刺！

瑪太後退至安全距離以後，不敢相信自己的眼睛，才在祖靈面前，剛剛發下重誓的三哥瑪風，竟然瞬間翻臉，想暗算自己！

「瑪風，你太卑鄙了，我已經傳位給你，你也發誓要善待親兄弟及王朝子民，怎麼轉眼就食言了呢！」

「哈～哈～好個愚蠢的瑪太，你年紀還太小，思慮不夠周詳。你仔細想想，你要是一天不死，我這王位還坐的安穩嗎？所以只要你死了，消失在這個世界上，我自然就會實踐諾言的！」

「哼！你果然惡性難改，毫無懺悔之意，我再也不會相信你了！」

「哈～哈～瑪太，不管你相不相信我，明年的今天，就是你的忌日了，你覺悟吧！」

瑪風立刻抄起匕首連攻瑪太，瑪太雖然手無寸鐵，又小他五歲，卻從沙烏老師那裡學過戰技及防身術，瑪風縱有利刃在手，卻屢攻不下，一不小心，竟被瑪太一腳踢翻在地上！

瑪太重新奪回百步蛇匕首，躍身過去，整個人騎在瑪風身上，一手按住瑪風的脖子，一手高舉匕首，眼露凶光，對著瑪風斥道：「瑪風，沙烏老師說的果然沒錯，你太過陰險狡詐，不配成為威瑪王朝的繼承者，你覺悟吧！」

「瑪太，求求你別殺我，念在你我兄弟一場，三哥知錯了，你饒我一命吧！我知道瑪太你從小心腸就最好，連一隻小螞蟻都不忍心傷害，你不會真的想殺三哥的，三哥王位可以不要了，求求你放我一條生路，再給三哥最後一次機會吧！」

「你……」

瑪太想下重殺手，眼見三哥瑪風苦苦哀求，童年往事一一浮現心頭，面對自己從小相處到大的親兄弟，如今卻成了殺兄害父的大仇人，瑪太渾身發抖，一時心軟，下不了手！

正遲疑間，瑪風彎身，趁機抽出另一把藏身匕首，就是叔叔巴杜拉大頭目給他的那把「黑山豬匕首」，趁瑪太心軟猶疑的時候，瞬間抽出，朝瑪太的肚子用力刺了過去！

瑪太驚覺有異，立刻彈身跳了開來，雖未被直接刺中，但匕刃依然劃破了肚邊腰際，血，立刻泛流開來，暈得左邊衣服一片鮮紅！

瑪風眼見得手，雖然沒有刺中瑪太要害，也算受了點傷，精神立刻大振，心想這小子今日不除，來日夜長夢多，好機會可能不復再有，一個飛身搶過，再度與瑪太在地上展開一陣陣扭打，當然身材比較高大的瑪風，以近身肉搏，明顯佔了上風，況且瑪太又受了傷，血流的更多，染得草地一片嫣紅！

最後瑪太反被瑪風按倒在地上，同樣被瑪風一手掐住脖子，一手高舉匕首，但瑪風可沒瑪太這般軟心腸，只聽他得意洋洋地說：「瑪太，你雖有能力當上王位繼承人，但這王朝最高權位，不是你這種仁心太重的人坐得起的，很抱歉，『叢林法則』就是這樣，強者出頭，適者生存，你這般弱者，必須遭到淘汰，去死吧……」

瑪風手持「黑山豬匕首」，在陽光的照耀下，閃晃出迷彩的光芒，頃刻就要飲血了！

正當瑪風得意莫名的時候，以為得手在即，猝然陽光下，刺眼光線裡，又出現另一道銀色光芒，速度之快形同閃電，破空直竄而來！

瑪風察覺銀光一閃，怎麼後背有股莫大的痛麻感覺，正想落下結束瑪太性命的手中匕首，卻毫無半點力氣指使，心中大吃一驚，不自覺眼睛往下一瞟，自己的心口窩處，竟然多出了一支箭頭，尖銳挺直地穿過前胸！

不敢置信的他，瞪大了雙眼，回眸一瞧，充滿恨意的眼神落光處，小妹瑪家，就站在他的正後方，肩上停了救主心切的獼猴「嘎嘎」，正在那裡比手劃腳，而瑪家則眼露凶光，手中還握有一支缺了箭的弓弦！

瑪太迅速踢翻瑪風，瑪風身體猶如木頭人一樣，「撲」的一聲倒地不起，這位殺人不眨眼，陷害兄弟性命，強逼父王退位的奸邪極惡之人，終於應驗了自己的誓言，短暫淒迷的生命，如夢幻泡影般倏然結束。

「瑪太，你沒事吧，啊！你受傷了。」小妹瑪家急忙奔了過來，為瑪太止住流血。

此時沙烏老師也率領若干人馬匆匆前來支援，看見瑪風已經死在小妹瑪家的箭下，心知瑪太心中大石頭終於放下，這場兄弟相殘的宿命之戰才告落幕！

沒過多久，巴杜拉大頭目大軍已然趕到，在得知瑪風已經失敗亡命，也大吃一驚！

不過千里迢迢來到這裡，終究不能空手而歸，如今大哥威猛王已逝，小兒子瑪太即位，又經歷了人間最殘酷的兄弟相殘事件，威瑪王朝實力大傷，不如現在趁機攻滅，就由自己這位威猛王的親兄弟來重掌政權好了，而且王后人選莎卡蘭美若天仙，如果能握有江山伴美人，人生夫復何求！

巴杜拉大頭目也迷失在權力的無窮欲望裡，想趁機大撈一筆，雙方大軍再度對峙石門戰場。

石門戰場淒風瀟颯，冷岩壁立，短短時間內大戰多回合，如車輪翻動，流轉不息！巴杜拉大頭目依仗人多勢眾，果然是以「人海戰術」攻來！沙烏老師及瑪太們依靠天險，置大石、大木於其上，飛滾而下，沒三兩下子，巴杜拉大頭目竟然不敵，大敗而退！

瑪太迅速調兵遣將，在沙烏老師的示意下，直接乘勝追擊。巴杜拉大頭目人馬眾多，卻都是烏合之眾，一敗不可收拾，被追兵一攻來，大部分只有投降的份了，而巴杜拉大頭目也在亂兵中遭到格斃，咎由自取。

瑪太親領小隊人馬，打探出莎卡蘭被挾持的車隊，立刻攻入救援，沒有太大的抵抗，順利救出莎卡蘭於附近的石門山上。

這座高僅三百九十多公尺的石門山，座落在石門戰場的西南邊，像一位高聳威武的巨人，靜靜守候排灣族人千百年。

瑪太拉著莎卡蘭的纖纖玉手，莎卡蘭扶著瑪太受傷的身軀，二人久別重逢，自是千言萬語在心頭，卻不知從何來述說，只是平靜無語地漫步在石門山坡上。

此時雖是初春，落山風也是淒冷，兩人緊緊依偎在一起，望著眼前一片花海，花波如濤，一層又一層，連綿不絕，就像這對璧人的遭遇一樣，情海生變，也是一波又一波！

「瑪太，當我面對無情命運的壓迫時，我心中總是惦念著你，我知道你一定會來救我的！」莎卡蘭深情款款地訴說。

「莎卡蘭，我們最大的凶險已經過去了，感謝祖靈，感謝上蒼，讓我們還有重逢的一日，今後我們再也不要分開了，一起攜手面對人生逆境，妳說好不好？」瑪太回以情真意摯。

「好，瑪太，我莎卡蘭在此立下承諾，以後也永遠不要再離開你身邊了！」莎卡蘭緊緊地握住瑪太的雙手。

「我瑪太在這裡也許下承諾，不管以後命運如何安排，我此生只愛莎卡蘭一人，絕無二心！」瑪太也反握莎卡蘭溫柔的雙手。

望著眼前美麗的花海，莎卡蘭有感而發：「瑪太，我現在終於了解，什麼叫『剎那即永恆』了！」

「對，只要我們真心相愛，哪怕只有相處片刻時光，對我們來說，已經算是永遠了！」

兩人身體緊緊依偎在一起，面對未知的未來，前程雖然一片茫茫然，但懂得把握此刻的他們，能夠「活在當下」，就已經心滿意足了！

「莎卡蘭，如果我不幸戰死沙場，我願化身為灰面鵟，展翅翱翔天空，無拘無束，漫遊天際，每年冬天，眷顧著南台灣這片土地，永世不離！」

「瑪太，如果你真的不幸戰死沙場，莎卡蘭也願意為你殉情，化身為落山風，當你盤旋南台灣天際之時，為你乘虛御風，相伴相隨，永世不分！」

「我倆雖然無法如澤鳧（一種小水鴨）般結為成雙連理，相伴相隨，寸步不離！」

「卻願像灰面鵟及落山風一樣，每年冬季，交遇相隨，永世不再離分！」

瑪太、莎卡蘭心有靈犀說道：「願我倆堅貞不移的愛情，如大武山一般穩重，屹立不搖，傳承不止，永世無休，我願足矣……」

綿綿的情話，款款的蜜意，在美麗如畫的石門山上，在花色如波的鳥語花香裡，隨著亙古不變的落山風，將這段淒美的愛情故事，傳頌千古，直至久遠……久遠……

戰記進行曲三：大和解聖碑

瑪太陣營連續打了好幾場漂亮勝仗，還來不及慶功與勞軍，又有線報急馳，稟明漢族將軍李炎，遣正規軍七、八千人，朝牡丹社來勢洶洶，聲勢浩大，旌旗蔽天，顯然想趁威瑪王朝自殘傷重的時候，坐收漁翁之利。

瑪太緊急召開軍事會議，情緒慷慨激憤，因為他即將面對的，就是誅殺二哥瑪雷的兇手，雖然禍亂由三哥瑪風引起，如今也已經惡貫滿盈，但是視山地族如寇讎，一心想除之而後快的李炎將軍，不改凶邪本性，竟然又想趁威猛王朝傷痕甫癒，再於傷口恣意灑鹽，並獻上最後的致命一擊，這當然是攸關威瑪王朝生死存亡的關鍵戰役。

會議台前，諸將雲集，瑪太望向沙烏老師，沙烏老師示意由他親自主持。

瑪太沉穩的步伐裡，透著些許不安，當然並非怯場，而是仇人在彼，瑪太焉能心平意靜呢！

「諸位令人敬佩的將領，為王朝出生入死，流血流汗的勇士們，瑪太代表威瑪王朝，先向勞苦功高的各位致上最高敬意！」

「不敢，不敢，這都是應該的。」

「諸位過謙了，不過，正當王朝受傷甫癒，百姓及將士們急需休養生息的今日，卻有線報傳來，急如星火，說漢人將軍李炎，正募集訓練有素的兵力七、八千人，朝王朝蜂擁殺來，旌旗遮天蔽日，聲勢浩大無比，想趁王朝受創未癒的時候，行毀朝滅族的恐怖行徑，我們豈可任人輕易侮辱，為了捍衛王朝尊嚴，為了維護正義和平，我們必須再次凝聚力量，給予敵人最凌厲、最致命的一擊！」

「石門戰場風雲再起，願天憐我族，祖靈庇佑，百步蛇之師即將再次出擊，攻無不克，戰無不勝！」

「我們誓死擁護瑪太王，誓死效命威瑪王朝！」

「我們誓死擁護瑪太王，誓死效命威瑪王朝！」

「我們誓死擁護瑪太王，誓死效命威瑪王朝！」

……………………………………

諸將擁護聲震撼天地，響徹雲霄，迴盪在牡丹社的山林裡，岩泉間，共為捍衛瑪太王、威瑪王朝而奮戰到底。

李炎將軍同時也大張旗鼓，揮軍來襲，駐紮於石門戰場外。

他早有耳聞石門天險，易守難攻，如今登高遙望，果然岩峭石陡，外寬內窄，不禁讚嘆：「好個渾然天成的天險之地。兩側壁高數百尺，垂直陡立，岩堅石硬，恍若天門。石門口外寬若斗，斗口漸縮，窄度僅容旋人，只要一人拒迎於隘口之上，任你千軍萬馬，也難以揮軍直入。況且兩崖過高，也難攀岩而上，進行突擊策略。想攻略之，除了下策硬取，上策便是誘敵出戰，才有勝算！」

李炎將軍果然不簡單，除了熟讀兵書以外，實戰經驗也非常豐富，才有雄心壯志，想趁威瑪王朝衰敗的時候，一舉殲滅之，以稱霸於南台灣，功成名就，並伺機自立為王。

心下盤算愜意，但他並不知道，瑪太陣營裡，也有一軍事奇才沙烏老師輔佐，即使創傷未癒，實力依然難以撼動。

由於漢人運補只能從西部海邊小徑進出，沙烏老師建議瑪太，北方先截糧道，阻斷通路；南方在瑯嶠（今屏東縣恆春鎮）地區，製造不安，形成假戰意象；繼而集中火力，主動出兵誘敵，詐降引其進入石門天險以內；最後發動山上土、石、木、箭等輔助攻擊，必能一舉癱瘓之！

果然，沙烏老師奇謀奏效，南北方向運補線遭截，立刻引發漢軍軍中士氣的大騷動。

瑪太陣容裡數位猛將全數出戰，再故意表現出中看不中用的醜態，逗得漢軍們哈哈大笑，心想山地人膿包稱英雄，無勇更無謀，士氣頃刻大振，恣意揮軍，直入石門天險，想一口氣攻入牡丹社本部，再慶功開懷暢飲傳說裡，山地一族千百年來聞名已久的美酒佳釀——「小米酒」！

一入隘口，通道僅容兩人並立行進，進入後才漸漸豁然開朗，可容多人並行。大軍走著走著，突然天動地搖，山旋路轉，山上木、石、土、箭等齊下，打得戰士們震天哀號，迴音激盪在山谷之間，前重後疊，更加令人恐怖驚悚，石門戰場死屍遍野，冤魂再添無數。

李炎將軍初戰一敗塗地，他怒目直視，青筋暴露，不敢面對現實，山地人應該只是頭腦簡單，四肢發達的一族，怎麼不僅懂得攻守策略，還有誘敵之計，簡直不可思議，只怪自己太過輕敵，才會中了這種再簡單不過的戰爭花招呢！

望著慘敗的大軍，還好只折損約五分之一，心想不如先集合眾人，暫退休息後再重整軍備，以待時機。

哪知集結未畢，兩旁竟然竄出多隊人馬，原來早有士兵埋伏在外等候。

各個勇士右手持山地族特製彎刀，刀面銀白雪亮，如鏡面般射出騰騰殺氣邪光；左手卻是特異盾牌，李炎將軍眼光為之一亮，心下反而為之一沉！

「這……這怪異的盾牌，非堅硬金屬製成，色澤暗淡，卻隱藏一股怪模樣，如果沒猜錯的話，應該是籐條製成，以籐為牌、為盾，這……擋得住鋒刀利劍嗎？」

李炎將軍心下瞭然，心想這山地一族，雖然勇猛，自己又因一時不察，才中了他們的奇招詭計，但論及兩軍大規模對陣廝殺，可就沒漢族經驗老道了。

心想他們可能因為鐵器難覓，才以這種怪里怪氣的籐牌為盾，哪擋得住我漢族銳利刀鋒呢？

李炎將軍愈想愈興奮，這下終於逮到機會了，非一雪前恥，反過來殺得你片甲不留不可！

還未糾集完眾部屬，列陣完成以前，索性直接下達命令：「全將士聽令，五人為伍，自成一組，分組立時攻殺，不得違令！」

「是，李將軍！」

漢族軍士聽到最高長官下令，也不再集合過來，立刻五人分成一小組，擎刀就往山地族士兵攻殺過去，大伙兒都心想，這籐製盾牌，又非金屬硬物，自古中國陰陽五行，金木水火土，講的是金剋木，所以刀能伐木，這山地一族沒有文化，當然想不到這一層，才會笨得以木（籐牌）擋金（刀劍），這不等於自尋死路嗎？

漢軍一時又士氣大振，立刻如風捲殘雲一般，席殺過來。

但事與願違，「風捲殘雲」的「風」，現在指的並非漢人，而是指山地人。不一會兒，果然「風」（山地人）捲殘「雲」（漢人），籐牌雖屬木質，卻有金屬特有的韌性，而無木材特有的脆性，堅韌無比，刀槍不入。

漢人以刀砍下，不僅沒砍穿它，反而不是被擋開，就是兵器卡在籐牌上面，動彈不得。

前者武器被擋開者，山地人馬上後補一刀，人家有強韌護具，你沒有，當然不堪一擊；而後者利器卡在上面者，就更慘了，盾牌面大，好握好使，漢人如果腕力不足者，刀劍一下子就落了手，臨陣兵刃被奪，不死也傷，同樣一片慘澹！

漢人不但沒有發揮就地分擊戰力，反而被一一擊破；山地人以大隊人馬，加上籐牌護身，勇往直前，義無反顧。

很快的，石門戰場腥風血雨，鬼哭神號，李炎將軍發現苗頭不對，大勢已去，逃命要緊，才收拾少許殘兵敗將，騎馬火速落荒而逃！

事隔多日，漢人陣營裡，馬同隊長奉陳永華國師的密令，親自率領一小隊人馬，各個輕裝簡便，行蹤隱密，身迅步輕，順著牡丹河河谷，憑藉河上芒草遍生，高與人齊當作掩護，小心翼翼穿梭其間，想從遠方緩緩逼近，以刺探出對手軍情虛實。

猝然，望見兩岸高地密林間，虛影幽晃，忽隱忽現，隊員中有人大叫：「隊長，有埋伏！」

話語未歇，突然從高高的河岸上，趁著落山風之勢，「咻～咻～」急促響聲不絕於耳，難以數計，形如飛蝗的漫天黑點，全朝馬同隊長這支密探隊伍飛刺過來，隊員中有人應聲倒地：「啊！我中箭了……」

「啊！我也是……」

「啊！我也是……」

「啊！我也是……」

慘叫聲此起彼落，伴隨著可怕的飛箭，冷漠而尖刺的呼號聲，一時平靜河谷化身飲血地獄，令人怵目驚心，震魂飛魄，隊友們紛紛中箭倒地不起，無一倖免！

良久……良久……

「哦……隊長，我們是不是來到地獄了！」

「隊長，閻王爺在哪兒，聽說他很兇，我們一起去見他老人家吧！」

「咦？不對呀！隊長，我們好像沒死啦！」

隊員你一言，我一語，原本以為都來到陰曹地府相見了，哪知最後竟然發現，全員人馬並無任何傷亡，這……可就奇怪了！

「隊長，你看這支箭，好奇怪喔！」

馬同隊長接過隊員在地上拾起的其中一箭，就眼仔細端視，乖乖隆咚的，這箭怎麼沒有箭頭，加上尾端羽毛旁有一圈狀小筒，馬同隊長恍然大悟！

「啊！對了，這箭頭是斷頭箭，怪不得我們沒有死；而這箭尾有此一裝置，才會在風力助長下，發出可怕的地獄聲響，全是嚇唬敵人用的，好險！好險！不過……山地人為什麼只想嚇嚇我們，而不是趁機殺死我們呢？奇怪！」

馬同隊長百思不解，立刻下令隊員一人帶走一支飛箭，趕緊趁小命還存在的時候，頂著月光，速速摸黑回營覆命。

「稟告國師，馬同隊長求見。」

「啊～哼～有消息了，快快傳上來！」

馬同這支密探隊伍突然斷訊，為了他們的安危食不下嚥，掛心不已的陳永華國師，一聽到他們平安歸來，急急召回問話。

「密探隊隊長馬同參見國師。」

「免禮，免禮，馬同，你與隊友們可有損傷否？」

「回國師，託您的福，全員安然返回，只是……只是心中有一事不明，特來請教國師？」

「噢？全員都安然回返，那太好了！太好了！喏，你有何不明之處，直說無妨？」

馬同隊長便將事情大致說了一遍，並拿出樣本箭遞了上去。

陳永華國師一見，眉頭緊皺，沉默不語良久……

「這箭無頭，是為『斷頭箭』。這箭有特殊尾巴，在風聲助長下，能發出怪聲，似鬼哭神號，是為『響尾箭』。這『響尾斷頭箭』，到底透露什麼玄機呢？」

陳永華國師左思右想，突然一陣笑意，問當時也在場，上回才剛與山地族對戰於石門戰場，不幸敗北的李炎將軍。

「李將軍，以你久對蕃民深切的了解，這『響尾斷頭箭』，你認為它到底有何玄機或意涵呢？」

「這……」

李炎將軍也百思莫解，聳聳肩回道：「這些蕃民殺人如斬草，割頭若剁菜，完全沒有文明與道理可言，想必是故意愚弄我們，視我漢族為無能玩物罷了！」

「噢！是這樣子嗎？哈～哈～……有趣！真是有趣！副官，傳我命令下去，如此……這般……知道嗎？」

「是，國師！」

副官銜命離去，眾人也是一陣莫名其妙，但心中都知道，國師或許已經有什麼對應的計謀也說不定！

果不其然，才經過一天，同樣有一支威瑪王朝的密探隊伍回返王宮。原來兩邊都不敢輕忽對手實力，也都想趁機摸摸對方的底，多收集一點兒有用的情報，做為未來遭遇戰的參考。

這支由沙烏老師暗中派遣的密探小隊，同樣遭到漢人的飛箭攻擊，也同樣沒有任何傷亡，更有意思的是，他們也取回一些被漢人伏擊用的特殊飛箭！

「瑪太王，我等才步出小徑，密探未果，突然前方人影紛亂，黑影幢幢，就有怪聲響起，「咻～咻～咻～」的，煞是嚇人，只見飛箭如流星一般，剎那即到，我方人馬閃避不及，全軍覆沒。但過了好大一會兒，卻發現竟然都沒有死，又發現地上這些奇怪的箭，才快速回報主上！」

「噢～有這回事，箭快請拿上來，待我審視一番！」

瑪太擊箭一瞧，差點笑掉大牙，原來這箭，跟之前沙烏老師所發明的怪箭一模一樣，只是材料略有不同，但樣式及效果完全相同。

瑪太啼笑皆非，轉頭問沙烏老師說：「老師，我方是為了避免引起雙方不必要的誤戰，才使用老師發明的『響尾斷頭箭』，如今竟然遭到漢族仿製，也造箭起來，他們是不知我方善意，還是禮尚往來呢？」

沙烏老師綻放難得一見的笑容，手握同種怪箭，雙手不自覺發起抖來，興奮地說：

「大王，對方大軍將領，所率三萬將士效命沙場，必非等閒之輩，如今回敬我方同樣箭種，顯然存有相當善意，也是有識之士，非一般莽將可比，須知我所發明的『響尾斷頭箭』，只是警告、嚇唬作用而已，對人體毫無殺傷力，兩軍交鋒，又是生死關頭，再笨的人，也不會不明白這麼簡單的道理，如今對方也以同樣的無害的箭回敬，還是他們刻意仿造出來的，顯然存有相當的善意，如果這場戰爭大家心裡都存有善意，就未必必須決生死以定勝負了！」

「噢，老師的意思是，對方已經體會出我方善意，同樣以善意回應我們了？」

「沒錯！不過兵不厭詐，不管對方如何表現，是友是敵，我們也都還要再加強戰備，以防萬一！」

「老師所言甚是，那我們就先將這份善意牢記在心裡，戰備同步再行加強！」

沙烏老師雖然嗅出對方的誠意，但這場戰役事關威瑪王朝生死存亡，不可不慎，因此決定一次就精銳盡出，決戰於石門戰場，一者讓對手見識一下自己的實力；二者要是對方真有善意，也能臨陣化解；三者可攻可守，萬一對手太強，及時退回石門天險，也能休養生息，日後再決雌雄。

接連幾天，沙烏老師已將陣法完全傳授給瑪太王，精練特訓完畢，這是他畢生最有心得的戰技，頃刻戰力比平日上升千百倍，一時軍心大振，勢有可為。

這天清晨，陽光剛剛漫過山頭，飛鳥正要外出覓食的時候，雙方約戰石門戰場，兩軍對峙，聲勢同樣浩大。

漢人這邊，旌旗蔽日，行伍齊整；山地族這裡，威武雄壯，列隊劃一。同樣可見，雙方都是軍紀嚴明，權謀盡出。

兩軍緩步逼進百公尺，突然漢族這邊，捨旌棄旗，一手長劍，一手藤牌，攻守自如，朝山地族這邊準備蜂擁殺來；而山地族這邊，一手彎刀，一手藤牌，攻守也有節，也朝漢族這邊準備驚濤砍來。

兩軍對看，雙方的將士們同時都嚇了一大跳，怎麼兩邊的防禦用藤牌，樣式竟然完全相同呢！

上一次沙烏老師大敗李炎將軍所用的藤牌軍，想不到漢人也在短短時間內模仿起來。

「老師，你看，漢人也出藤牌兵了，是不是上一次漢人將軍李炎栽了個大跟斗，也學起我們來了！」

「嗯……是有可能，不過……如果彼方想學我們，時間上也未免太過蒼促，製程上是絕對來不及的，除非……」

同樣戰場的另一邊，也有類似對談。

「國師，上次蕃民對付我軍，導致我方大敗的怪盾牌，就是他們手持的那些藤牌，刀槍不入，能攻易守，怎麼我方也有相同的盾牌呢？」

「嗯……有意思，這是我仿造很久以前一位山地族朋友製造的，想必他也傳授後輩下來了，有意思，哈～哈～……」

陳永華國師態度從容，心中有譜，眼見時機成熟，大喝一聲：「傳令下去，佈陣！」

「佈陣……」（漢族傳令聲）

「佈陣……」（漢族回應聲）

漢族兵士回應聲震動天際，一時鑼鼓喧天，氣勢好不驚人，也牽動瑪太這邊陣營的神經，沙烏老師看見漢族隨時有來犯可能，也不急不徐，立刻回應一聲：「我方也傳令下去，佈陣！」

「佈陣……」（山地族傳令聲）

「佈陣……」（山地族回應聲）

山地族這邊，也傳出撼動地基的聲響，同樣戰鼓催逼，一觸即發，令人不敢掉以輕心。

雙方人馬頃刻左閃右晃，迅速確實，各自擺出平日訓練有素的戰陣，地上黃土隨之踢揚，藉著呼呼的山風吹刮起來，形成一片黃沙漫天景象，一時間對手身影，竟然完全消失在眼前了……

等待黃土粉塵紛紛落地，雙方神情緊蹦地往前一看，準備衝鋒陷陣，相互廝殺的時候，突然各個眼睛大瞪，張口難合，天下事無奇不巧，也巧不過今日的浩天大戰，擺在雙方眼前的，不只是籐牌護具完全相同，連陣勢也一模一樣！

「噢！哈～哈～大王，天地有神，祖靈保佑，快下令收兵吧！」

「啊……老師，這……」

「哈～哈～大王您先別急，咱們先收兵，師徒再一同上前，會會敵軍的主帥吧！」

「啊……不打了，待會兒還要會見敵軍主帥……」

瑪太一時給搞糊塗了，他雖然看到雙方陣仗相同，心下開始存疑，如今又聽老師說要與他一起前去會見敵軍主帥，且在收兵以後，那……

這場生死大戰，怎麼劇情急轉直下，雙方不打了，反而主帥要上前會面，對方會想見我們嗎？萬一對手偷襲，那未打完的戰役，豈不形同戰敗，那……

縱使瑪太心中充滿疑惑，卻見沙烏老師春風滿面，知道老師必有十成把握，於是火速下令收兵。

在此同時，對手竟然也奇妙地同時收兵，好像雙方都按照事先講好的劇本演出一般，默契十足，令人嘖嘖稱奇！

瑪太隨著老師的步伐一同來到最前線，對方也有一人騎馬過來，身旁竟然也是只有一名護衛，顯然也不怕他們使詐！

哪知等到對方主帥見到沙烏老師的時候，竟然急忙下馬，一擁而上，瑪太下意識手握「百步蛇匕首」刀柄，卻聽到對方高興地大叫起來：「是你，我早料到是你了，沙巴王！」

「啊……」

瑪太心下一震，他不敢相信自己的耳朵，對手主帥竟然稱呼沙烏老師為「沙巴王」，那……那教導自己多年的這位德高望重，慈藹愷悌的老師，竟然就是傳說中，熊鷹神再世，是空前，也是絕後，唯一曾經短暫統治過台灣所有原住民的卑南族大頭目——「沙巴王」呢！

「陳永華國師，哈～哈～我從率軍三萬及回贈之箭，也猜到七、八分可能是你了！」

「噢～沙巴王，原來你是故意賺我出招獻陣的！」

「呵～陳國師，你不也逼得我精銳盡出，權謀全來，咱們彼此彼此，半斤八兩啦！」

「哈～哈～……」

兩人相視開懷大笑，雙手緊握，眼眶含淚，愉快的笑聲迴盪在山谷窮林裡，將一場原本血流成河的殘酷戰役，消弭於無形，也將漢人與山地人之間的世仇心結，在陣陣笑語聲中，澈底化解了。

「老沙，咱們可是不打不相識啊！」

「老陳，咱們也是不打不重逢啊！」

「哈～哈～……」

「老陳，我給你介紹一下，我身旁這位就是威瑪王朝新王瑪太，也是我一手帶大的學生，日後必會青出於藍，有更好的前程。」

「噢！是老沙的學生已經不得了了，又是威瑪王朝的新王，在下失禮了。」

言訖，陳永華國師雙手抱拳，低身哈腰恭敬說道：「敝人乃漢王鄭經手下陳永華，身兼國政參謀，見過瑪太王！」

「不敢，不敢，您是恩師故人，這般大禮，瑪太受當不起！」瑪太立刻上前扶起陳國師。

「哈～哈～大王，這位陳永華國師上知天文，下通地理，古往今來，無一不專精，不僅是老師的故人，也算是老師的恩人呢！」

沙烏老師才重述先前向瑪太講過的那段陳年往事「諸羅戰記」，故事中的沙巴王就是自己。

當年敗給陳永華國師，國師不僅沒有殺他，日後反而與他結為好朋友。

在沙巴王傷癒以後，人生反而重獲自由，拋開一切煩惱，身輕如燕，開始雲遊四海，眼光也隨之開闊不少。他見過不少奇人異士，有山地隱居高人，有平地博學耆老，還有佛、道二教聖哲，讓他最後悟出，不管師出何門何派，千絲萬縷總歸於一，那最初的源頭，就是「心」，一切都是心的作用。所以傳說裡沙巴王羽化成仙，也不是沒有道理的。

後來他又回到山地，這孕育他生命最初的家，機緣下被威猛王囑託成為瑪太的師父。他細察瑪太為人，發現他警敏寬大，好學進取，將來必有大作為，便一口答應，就成了瑪太的指導恩師了。

「大王，這籐牌兵是我發明的，卻被陳永華國師拿來使用；而我所學的戰陣，是陳永華國師發明的，也被我拿來使用。一切陰錯陽差，才會在今日本該激烈廝殺的戰場上，令大夥兒傻眼，你說有沒有意思呢？」

「對，如今山地、平地兩族群大和解，李炎將軍也被我查出濫殺無辜，又謊報軍情，致使兩族連年征戰無休，想從中謀取私利，自立為王，已遭伏誅，死不足惜。今日既然雙方重歸於好，不如我們兩族，摒棄前嫌，化干戈為玉帛，選定一個好地方，好時辰，共立一碑，為我們今日的大和解立下典範，永戒後世，勿再輕啟戰端。」

「對，國師言之有理，大王意下如何呢？」

「老師，瑪太認為這個意見太好了，不如咱們就選我族聖山『大武山』，擇一良辰吉日，選塊平台立碑，為後世宣揚和平的重要訊息。」

「嗯～好，既然瑪太王及老沙都同意了，咱們就這樣決定了，本人謹代表漢王及所有漢人，在此向你們山地人致上最高敬意！」

大武山，山高林翠，視野寬廣，山地與平地代表同時列席，雙方先共同祭祀為這場戰役殞命沙場的兩族戰士，以安心魂，再唸祝禱文如下：

偉大的山神，崇敬的祖靈及英勇的戰士魂，漢族代表陳永華國師，排灣族威瑪王朝代表瑪太王，以及所有戰士們，一同在這大武聖山上祭告天地，為百年來山地、平地的仇殺、怨恨，劃下句點。人們常因彼此不了解而引起衝突，也常因個人的欲望作祟而誤入歧途。今天我們願意以包容的心，誠意的行動，化解一切罪業，攜手共創美好的未來，天地為證，日月可鑑，於此地此時，手牽手，心連心，共立一座聖碑，以為後世傳下美談，永誌難忘。

祝禱完畢，眾人以烏心石製的拉奈克（連杯）暢飲小米酒。

小米酒口感酸甜溫潤，充滿小米特有的甘香味道，兩族人一同暢飲，別具一番滋味，象徵漢族與排灣族的大和解，希望以此為典範，去化解福爾摩沙島上所以族群的長久宿怨，和樂相處於這片美麗的山川河海，湖泊平原，共享共榮，立下「大和解聖碑」，以供後人奉為圭臬。

沙烏老師誠摯地挽著陳永華國師的手，以拉奈克共飲，山地勇士與漢族士兵，也一同以拉奈克歡飲小米酒，連「嘎嘎」也來湊一腳，微醺地跳起猴子舞，逗得大伙兒哈哈大笑，隨之起舞，場面一片和樂融融。

眾人就在大武聖山，大和解聖碑旁，不分彼此，暢飲高歌，牽手起舞。優美的歌聲，歡愉的笑語，輕快的舞步，都乘著落山風的翅膀，飛向遠方的國度，人類美好的原鄉……

後記

千百年來，落山風從無間歇的造訪，呼呼不絕，陣陣而來，似乎在訴說些什麼？

或許，它正想告訴我們，不要忘本，這大武聖山的大和解聖碑。

或許，落山風正是最佳的見證人，一個永無止境的傳說者。

或許，這位吟唱詩人，正撫弄著月琴，歌詠出一段段刻骨銘心的往日足跡。

以後如果有機會造訪台灣最南端，千萬記得，仔細聆聽落山風的聲音，那種時而淒切悲涼，時而紛亂喧鬧，時而張揚喜慶的奇特聲響，似乎有說不完的故事，正在向你娓娓傾訴，關於生活在這片土地上，所有記憶裡的點點滴滴……

少年文學46　PG1903

排灣族少年王

作者／廖文毅
責任編輯／徐佑驊
圖文排版／周妤靜
封面設計／楊廣榕
出版策劃／秀威少年
製作發行／秀威資訊科技股份有限公司
114 台北市內湖區瑞光路76巷65號1樓
電話：+886-2-2796-3638
傳真：+886-2-2796-1377
服務信箱：service@showwe.com.tw
http://www.showwe.com.tw

郵政劃撥／19563868
戶名：秀威資訊科技股份有限公司
展售門市／國家書店【松江門市】
104 台北市中山區松江路209號1樓
電話：+886-2-2518-0207
傳真：+886-2-2518-0778

網路訂購／秀威網路書店：http://store.showwe.tw
國家網路書店：http://www.govbooks.com.tw
法律顧問／毛國樑　律師

總經銷／聯寶國際文化事業有限公司
221新北市汐止區康寧街169巷27號8樓
電話：+886-2-2695-4083
傳真：+886-2-2695-4087

出版日期／2018年3月　BOD一版　**定價**／220元
ISBN／978-986-5731-83-0

秀威少年
SHOWWE YOUNG

版權所有・翻印必究　Printed in Taiwan　本書如有缺頁、破損或裝訂錯誤，請寄回更換
Copyright © 2018 by Showwe Information Co., Ltd.All Rights Reserved

國家圖書館出版品預行編目

排灣族少年王 / 廖文毅著. -- 一版. -- 臺北市 :
秀威少年, 2018.03
面 ;　公分. -- (少年文學 ; 46)
BOD版
ISBN 978-986-5731-83-0(平裝)

863.859　　　　106025568

讀者回函卡

感謝您購買本書，為提升服務品質，請填妥以下資料，將讀者回函卡直接寄回或傳真本公司，收到您的寶貴意見後，我們會收藏記錄及檢討，謝謝！如您需要了解本公司最新出版書目、購書優惠或企劃活動，歡迎您上網查詢或下載相關資料：http:// www.showwe.com.tw

您購買的書名：________________________________

出生日期：________年________月________日

學歷：□高中（含）以下　□大專　□研究所（含）以上

職業：□製造業　□金融業　□資訊業　□軍警　□傳播業　□自由業

□服務業　□公務員　□教職　□學生　□家管　□其它_____

購書地點：□網路書店　□實體書店　□書展　□郵購　□贈閱　□其他

您從何得知本書的消息？

□網路書店　□實體書店　□網路搜尋　□電子報　□書訊　□雜誌

□傳播媒體　□親友推薦　□網站推薦　□部落格　□其他__________

您對本書的評價：（請填代號　1.非常滿意　2.滿意　3.尚可　4.再改進）

封面設計____　版面編排____　內容____　文／譯筆____　價格____

讀完書後您覺得：

□很有收穫　□有收穫　□收穫不多　□沒收穫

對我們的建議：________________________________

____

____

____

請貼
郵票

11466
台北市內湖區瑞光路 76 巷 65 號 1 樓
秀威資訊科技股份有限公司 收
BOD 數位出版事業部

（請沿線對折寄回，謝謝！）

姓　名：＿＿＿＿＿＿＿＿ 年齡：＿＿＿＿ 性別：□女 □男

郵遞區號：□□□□□

地　址：＿＿＿＿＿＿＿＿＿＿＿＿＿＿＿＿

聯絡電話：(日)＿＿＿＿＿＿＿＿ (夜)＿＿＿＿＿＿＿＿

E-mail：＿＿＿＿＿＿＿＿＿＿＿＿＿＿＿＿